第一次世界大战中被遗忘的中国人

杨的战争

[英]克莱夫·哈维 — 著 赵梦 — 译

YANG'S WAR

A FORGOTTEN CHINESE HERO OF WORLD WAR ONE

Clive Harvey

北京时代华文书局

致 谢

必须感谢史蒂夫·罗伯茨激发了我对"一战"的热情，感谢安迪·罗伯肖从一开始就为这部作品提供了历史方面的指导，感谢格雷戈里·詹姆斯之前给出的建议，感谢希拉·德·弗里斯和迪克·史蒂文森二人给予我的鼓励与教授的相关知识。

书中所有照片都来自 W.J. 霍金斯的收藏，并由其孙辈约翰·德·卢西提供，感谢他的支持与帮助。

序 言

《战争万神殿》[1]——这幅全世界最大的绘画作品，收藏于巴黎某纪念馆内。

巴黎，1917 年底

皮埃尔和弗朗索瓦对自己的杰作感到非常自豪，它能成为一座里程碑式的作品，不仅是由于画作本身，更是由于他们二人组织并凝聚了二十位艺术家共同完成了这幅纪念"一战"协约国军队的作品。

这些艺术家有各不相同的价值观、想法和行事方式，但他们都是为了这项商业活动被精挑细选出来的，他们也

---

[1]《战争万神殿》（Panthéon de la Guerre），第一次世界大战期间在巴黎绘制的艺术作品，长约 123 米，高约 14 米，被认为是世界上最大的画作，内容包括法国及其他协约国约 6000 名战时人物的全身肖像。本书注释如无特别说明均为译注。

都明白，并且十分清楚，自己在这样的年纪、在痛苦压抑的战争的最后几年，能接到如此光荣的任务是何等幸运！无论如何，现在都能有个圆满的结局了。

当皮埃尔和弗朗索瓦第一次想出规模如此浩大的工程时，还是挺害怕的。"战争万神殿"的名字如雷贯耳，谁也没料到自己会为如此高尚的作品掌舵，他们只是声誉卓著的学院派艺术家，尚不能与米开朗琪罗之尊名相符。和团队成员一样，他们奋斗的黄金年龄已然远去，所以这是一次可以让高龄的非战斗人员尽其所能为战争服务的绝佳机会。

两位艺术家从一开始就知道这只是一场政治游戏，为的是炫耀法国的民族自豪感，但他们不能让这种想法分散自己的注意力。由于被委任了国家最大的宣传项目，作为被精挑细选出来的设计师，他们感到十分荣幸，正是这种崇高的使命感推动着他们向前走。无论如何，决不能被挑战吓跑，现在当然不能。因为据说最可怕的是，他们将要把极富震撼力的作品布局在一块有足球场大小的指定区域内，然后小心翼翼地将其分块，并指派给二十位艺术家组成的强大团队，让各人负责不同的区块。分派任务并不容易，而想要控制每一笔，那是不可能的。

皮埃尔和弗朗索瓦经常近乎偏执地嘱咐他们的团队，

肖像一定要真人大小，这样才能与协约国军队英雄们荣耀的名字相称，也好得到每个人的认可。虽然或许只有历史才能评判结果，但就目前而言，艰巨责任中的决策权正落在他们二人的肩头。这确实是一项极难的使命。你顾得上画面这一端，就可能会忽略画面另一端，它简直太庞大了，所以每当他们信心动摇时，就会互相安慰，彼此提醒要实现的共同目标。从一开始，指令就很明确：只要让法国牢牢地居于画作中心位置，领导们应该就不会有意见。然而，能否取悦法国的盟友就不好掌握了。

"弗朗索瓦，咱们怎样才能把这幅画完好无损地保存下来？"皮埃尔用法语问他的同事，他坦言道，"说实话，好几次我都想扔掉所有东西，直接走人！"他的声音带着明显的压力。

弗朗索瓦同意地点了点头，他把手臂放在同事肩膀上安慰他……

"……快结束了，哥们儿，差不多完成了。"

真的差不多了吗？就在那一刻，灭顶之灾突然向他们扑面袭来，他们忘记画上美国人了！

"我的天！"皮埃尔喊道，"赶紧过来！弗朗索瓦，赶紧……"他命令道。

他恐慌得简直不敢接受这显而易见的可怕事实。

"完蛋了，皮埃尔……是啊……我们怎么能忘记画美国人？"弗朗索瓦难以置信地喘着气。这简直是最严重的错误。

其实他们漏掉美国人的原因很简单。美国在1917年4月才参战，当时《战争万神殿》的创意已经相当成熟，没有人想过要重新检查一下设计，也没有官方人员意识到这一点。他们在这一历史题材上，已经根据不断变化并进入尾声的恐怖战局进行过很多细微的改动了。

弗朗索瓦和皮埃尔没有期待能瞒过其他艺术家，因为这件事太大了，需要调集所有人的力量。但他们俩都清楚，一旦这么大的疏忽让外人知道，就会引发一场风暴。美国人是多么重要的盟友，可不能在画面公之于众时得罪他们，所以必须要改，但是怎么改呢？

这两位饱受折磨的艺术家铺开每张画布，在上面开始寻找解决办法。只要找到哪怕一处"空隙"能用来纪念美国人，自己或许就有救了。但是无论怎么找都找不到，之前的设计太紧凑了，每一个关键位置都被用上，而且他们需要一大块空间，必须是明显的好位置才行，但作品都已经快完成了。

两人痛苦地沉默着，过了许久，就在濒临绝望之时，弗朗索瓦深吸了一口气，清了清干涩的喉咙，向皮埃尔宣告，"只有一个办法。"

他的语气流露出无可奈何的听天由命之感，皮埃尔顺着同事目光凝视的方向望去，他立刻同意了。

"我知道你是怎么想的了，弗朗索瓦……这是唯一的办法——必须去掉中国人！"他胜利地宣布，语气中透着一丝自嘲。

于是二人把团队召集到一起，开始了一项要求绝对保密的任务，将中国劳工旅[1]从画中除去，为胜利的美国军队让路。

就这样，在有记载的"一战"历史上，发生了最臭名昭著且极具象征意义的"掩盖"事件。约十四万名英勇献身的中国劳工旅非战斗人员对这场战争产生重大影响的任何线索，都从这幅纪念绘画、这部最著名的"一战"史作品中被永久地除去了。

---

[1] 中国劳工旅，是第一次世界大战期间服务于英国军队的一支中国劳工部队，但该名称也泛指"一战"时欧洲西线战场为协约国出力的所有中国劳工。该部队主要负责为搬运货物、挖掘战壕等作业提供劳力。

且不说后来协约国在凡尔赛宫无视中国的利益，《战争万神殿》先以绘画形式成为了"一战"史上对中华民族公然歧视的赤裸裸的象征。

目 录
CONTENTS

第一章
1970年，巴黎第十三区

杨，现在已是一位老人，他穿着"一战"的旧军装，向我们讲述他的故事，也回首自己的过去：

作为一个有抱负的中国年轻人，我绝对想不到后来自己会一直生活在这儿，在巴黎这座城市里。我们从小到大都认为，欧洲就是另一个星球，但是报名参加法国北部劳工旅的机会一来，成千上万的人为了去那边放弃一切，成千上万的人都是这样。除了我。

我丝毫没有离开山东的打算，也从来没想过会放弃接手父亲的机械公司。我还是小孩儿的时候，他就答应要把它留给我，我也打算为此努力奋斗一辈子。

我们的政府[1]长期以来一直鼓励像我这样的年轻人到西方去冒险，然后带着欧洲成功文化的秘诀回来。别误

---

[1] 指北洋政府。

会，这都是自愿的，我们虽然不属于任何一个欧洲的帝国，却被视为低人一等。在某种程度上，我们的确是落后的。所以按当时的情况，我们这一代人必须来改变这个事实。我虽然明白这一点，但作为一个利己的年轻人，我的精力还是适合放在家里。我告诉自己，我想留下来是因为爱国，在我看来，我的使命是努力进入正在崛起的新行业，并在普遍面临失业和困难的环境下，激起人们对经济增长的乐观情绪。当时的中国还是个极不发达的国家，常被比我们强大得多的势力欺凌，而且我们的民族自尊常被伤害，甚至当时的货币也是个笑话，因为不得不进口墨西哥银元来进行贸易，所以政府愿意尽一切努力去扭转这一局面。

英国就很了解该怎样吸引中国的家家户户，让他们鼓励家里大一点儿的男孩子参加"一战"协约军。跟其他西方国家不同，英国把大部分劳工的工资直接付到他们在中国的家中。有时，一个月算下来总共能有十个墨西哥银元左右，这个数目在当时对我们来说非常可观。我的故事就此开始了。

那为什么，我这个八十多岁的老人，现在坐在巴黎的一栋房子里给你讲述我的过去？没错，这里是我家。我怎么住在这儿？好吧，你会明白的。上帝知道我如何安然无恙地活了下来。法语动词我用得比较吃力，而且你能听出我的英语仍然有很重的中国口音。但是我都熬过来了，你也可以说我最后成功了。

无论如何，我现在已经把自己当成法国人了，我并不后悔再也没有回到中国，因为战争把很多人都分散到了世界各地。在我的经历中，确确实实是我父亲把我送到了这个国家，这一点我可从来没有原谅过他……

我记得有一次听到英国人的一个说法，是我跟那群"英国佬"（我这样称呼他们）在一起时听他们说的，算是个冷幽默，结尾是：

"……意外能造就一个人。"

这句话就是在说我，千真万确。第一次世界大战彻底改变了我的生活，也改变了所有多年前参加中国劳工旅的那么多人的命运。

我是个很好强的年轻人，这么说吧，总要抓住机会脱颖而出。从我报名的那一刻起，就不只是完成上级下达的后援任务，还做很多很多超出职责范围的事，希望能被授予英雄勋章。真是傻透了。

你可能会想，为什么我现在要穿上这身旧军装？也许只是为了我自己的虚荣心，看看它还合不合身？不、不，说正经的，我是想重塑当年的现场，让你看看这件无名的军装就是我付出所有苦与痛换来的唯一勋章，是对我那次刚好出现在正确的时间、正确的地点的嘉奖。我是很幸运的。

　　难怪战争结束时没有人来找我。就凭着一个愚蠢的身份编码，怎么可能有人从记录中知道我是谁。为了得到真正的认可，我绝对用尽了一切，这只有上帝知道。每天都要放弃童年的记忆、家庭、亲友、希望、梦想，并冒着生命危险去立下功绩，这不是轻而易举的事。

　　只是有时回首往事，一切都浮现在脑海中，你永远不可能忘记自己的过去，也不可能完全治愈长久以来所受的苦。

　　我可以假装出一副凶狠、愤怒的样子……我经常这样。但把一切都忘记，从零开始为自己扬名，我知道这真的也曾让我很受伤。唉……我甚至不知道我亲爱的母亲、我的弟弟们、家里的生意都怎么样了……

　　我后来也有了一段感情，是的，每当想起那段往事就会情不自禁地笑。

　　我想这就是生活吧，我的故事可不仅有酸葡萄和一个受伤的灵魂，还有更多。也许，一旦你听完了，可能就会对我们这些中国人有不一样的看法，我们在多年前曾天真，但是带着些许的勇气，冒险穿越数千英里的海洋和陆地来到欧洲。与我不同的是，大多数人只是想拼命赚到实实在在的工资，也想看看因失业和贫困而采取极端手段的西方世界是什么样子，但毫无例外，我们每个设法走出来的人都发现，自己最终陷入震惊。这绝对是我们所有人的共同之处。

我总是心怀怨恨，因为我感到自己的噩梦更深重：迫使我离开中国的骗局不是战争的腐朽，是的，比那还要险恶得多，那原因更靠近我的家——我像奴隶一样被卖掉了……就因为我父亲的面子。

第二章
山　东

　　我认为我可以说自己曾经有过幸福的生活。即使只是作为在山东长大的孩子，我也知道我们家比大多数人家都富裕，这不难看出来。

　　在我们家周围，以及我们的邻村，生活确实很艰难。山东的农村几乎完全依靠农业，这里落后、原始，偶尔的一次洪水和粮食歉收就会带来累累伤痕，一两个好年景可能在短短一季内就被恶劣天气残酷地摧毁。如果天命难改，情况就注定悲惨。尽管如此，大多数人还是活了下来。麦子和土豆是半贫瘠的耕地里最难种、最脆弱的。种下去的一半粮食将来都要缴租税，这时刻提醒着人们要勤奋、要自尊。

　　盛儿，我的表弟，也是我最好的朋友，就来自这样一个农村家庭。他母亲是我父亲的妹妹，她的婚姻不如我父亲的婚姻美满，主要是在经济上。盛儿不得不拼命干活维持生计，但他父亲也没有把他逼得太紧，因为他从小就看起来病恹恹的，家里人知道他没有体力去承担大多数同龄人被迫去做的难以想象的长时间工作。

虽然我知道我家肯定比盛儿他们家高一个阶层，但我们从没议论过这些。我们过着如此不同的生活，从外表上看，就像完全没有交集的人，但我们不在意这么肤浅的事情，我们俩成了好朋友，这得益于两家亲密的关系。我曾经取笑盛儿的辫子，因为我头发很短，梳得很齐，跟城里大多数年轻人一样，可这也不是我们在乎的，实在无足轻重，对我来说，盛儿是"乡下娃"，对盛儿来说，我是"城里娃"。更明显的差别就是我们的穿着大不相同，与盛儿家相比，我父母的衣服裁剪得更合身，用料也明显更考究。我家要求我们穿衣要得体整洁，以便随时迎接突然来访的客人。盛儿的家庭负担不起这样的奢侈，也不愿浪费宝贵的时间和精力担心自己的外表。他们虽贫穷，却有自信。

地理因素能带来很大的影响。在熙熙攘攘的大城市郊区，我们认为自己是不断追求成功或者常要说服别人我们过得很好的城市人。盛儿的家虽在山东农村，但在很多方面，我却想要和盛儿一样。尽管理想是那些有充足时间的人的发明，但至少盛儿知道他是谁，知道他的价值，他们这样的人不做虚空的幻想，时时刻刻都在避免浪费。

我总是感到愤恨，我的家庭存在于一种奇怪的阶级真空中。我父亲来自一个新兴的阶层，渴望进入上流社会，但遗憾的是，他从未真正得到周围人的完全认可。由于没有真正的中产阶级，我父亲就被困在这虚构的中产阶级和贵族之间的某个虚假孤立的群体里。但他却从不这么想，他从不承认失败，还十分沉迷于包装外表，这让我常常感到不舒服。很多正在奋斗的中国家庭都很有自知之明，会把追求的标准定得高一些，我父亲把这一点发挥到了极致，他是如此渴望获得显赫的地位，以至于都没意识到我们经常成为不受欢迎的闯入者，或是进入无法触及的阶层里成为不自在的外来者。从某种意义上说，我父亲似乎从没真正快乐过。

我还知道几个像我们这样的家庭，也知道有种可笑的说法，说属于这一模糊阶层的志同道合的人被称为"士"——常常因为自称介于上流大夫阶层和普通庶人阶层之间而被嘲笑的虚假群体。但可能正因为父亲一直不断往上爬，我们才得以如此接近成功。如果他意识到自己没能说服别人，可能也不会气馁，他的执着来自他的信念，他相信作为新兴文化的一部分，无论现在权贵们怎么看待他，总有一天我们会被承认为"商业贵族"，而且，当金钱真正成为阶级象征时，我们或许最终会得到尊重。对他来说，这只是时间问题。所以此时，他继续厚颜无耻地敲着权贵阶层的门。

自 1900 年义和团运动之后，民族主义就像一座坚定的希望灯塔从灰烬中升起。我不得不承认，至少这一次，父亲是精明的，使我们以所谓温和的方式从过去的耻辱中崛起。我家的生意坐落于山东某个城乡结合的地方，在我快二十岁的那个年代，我们是机械化业界的王者，至少从外表上看我们有真正的财富，就像雄心勃勃的入侵者一样，好不容易爬进了成功之门，同时也避免了被别人怨恨，因为人们还没看到我们在阶级地位上构成什么威胁，至少现在还没有。

这一切都让我难堪极了。因为我能看出，我们获得的任何地位都跟金钱有关，而且我们依旧是一群自认为很了不起的人，仅此而已。

父亲总是表现出一副很能给人留下深刻印象的样子，可惜我却很少觉得那能真正起到什么作用。虽然我们的国家仍然贫穷，但只要我们摆脱了那曾经压制贸易和融合的陈旧思想，像我家这样的商人群体就会开始兴起，并快速进入到新兴的商业世界。我父亲是从事这一事业的元老，由于他从不放弃，很快就悄无声息地渗入了一个从未真正存在过的富有新阶层，也许这就是新兴的中产阶级。然而，这些都跟我无关，只是个标签，我就像个旁观者，接受一切，但没有特别关心哪一面。我只是想要成为像盛儿那样的"普通"年轻人，混迹于大众之中而不被人注意。我其实非常害羞，但善于掩饰。

父亲有很好的技术背景，是的，这一点我一直很感恩，因为有这资本，我们才能建立并维持一家规模虽小但很体面的机械公司，主营维修和销售。正是这样，使我们脱离了对耕地的原始依赖。

现代化是注入中国的一股新力量，父亲从一开始就用足够的敏锐抓住了这个机会，乘势而上。在很少有别人做我们这种生意的时候，就建立了自己的公司，所以他处于领先地位。

虽然我并不渴望成为像他那样的人，但我和父亲有着正规与尊重的工作关系。在中国文化中，尊重长辈的观念非常重要，我家由一位愤然的家族首领——我父亲——统治着，他是绝不能被挑战的，更别说反驳了，简直大逆不道！其实我是爱他的，但我从没真正喜欢过他现在的样子。

父亲告诉我，如果我不断进步，总有一天会让我接管公司，但我想象不出他能有多大的决心真正放手。这生意是他的孩子、他的爱、他的隐秘珍宝。即便当我迈入二十岁，比我两个弟弟年长不少，我也知道碰一碰他的生意是想都不要想的。这将是漫长的等待，但我顺服了，我已经很满足了，我有同伴盛儿，而且我和母亲的关系也极好，我全心全意地爱她。

我很庆幸自己生在男性继承人至关重要的男权传统之下，加上我对机械了如指掌，所以并不担心弟弟们会对继承的事提出自己的诉求。我刚一成年，就因为努力工作拿到了一定的酬劳，这给了我前进的动力，也给了我能去探索和成长的自由。

虽然父亲是真正的老板，但家里总是由母亲平衡，尽管她必须表现得顺从，但还是以温柔又巧妙的方式维持了和平，也帮助我家兴旺起来。她总能搞定各种事。几年前正是因为她智慧的劝说，父亲才同意派手下最优秀的两名机械师来照看我，收我当学徒。他们从最基础的知识开始教我，所以我才能非常精通，绝不是因为我有天赋，我真没觉得自己有天赋。我这样一个不成熟的年轻人，经常到处捣蛋，需要担点儿责任才能安稳一些。在周围人的帮助下，我开始非常努力地工作，最后终于在其中获得了极大的满足，我是只要能做好一件事就会全力以赴的那种人。现在我不用依赖虚假的表扬，因为不再仅有"老板的儿子"的空头衔了。

也正是因为母亲，我才能度过艰难的少年时期。她一定要让我受到良好的教育，这在当时是很难得到保障的。在所有事情上，母亲总能机智地对父亲产生影响，能让父亲在做最终决定时还以为是自己找到了办法，但又记不清是怎么找到的：父亲经常意识到母亲的观点是对的，所以总在私底下生气，就肆无忌惮地宣称这些观点是他自己经过深思熟虑得出的，如果我们反驳，他会说自己早就忘了这个想法最初是怎么来的。他这样明目张胆地说谎，母亲却不作声，因为她知道至少帮父亲避免了错误的抉择。她真是个圣人！

即使是农村的孩子也会受一些教育，但只有少数人能有我这样的机会。一开始，我从当地的乡村小班里学不到什么东西，他们那种只能算是"随意的聚会"，后来多亏了国家对教育的大力推动，我母亲的敏锐意识给了她借口和正当理由把我推向正确的方向，让我能得到最好的。在我后来就读的学校里，我甚至学习了外语！那所学校离最近的大城市不远，是由英、法两国的基督教传教士合办，他们来到山东，在教外语的合法名义掩盖下传扬福音。我们中大多数人无论大小都对基督教一无所知，任何向我们传教的企图也都很难被接受。反正我也不太关心宗教的事，但从一开始我就非常喜欢学习语言。

因为学校离家较远，父亲对我离开工作岗位花很长时间步行上学这件事持保留意见，他想要我全职工作，好让生意兴隆。多数情况下，我做到了两者兼顾，既让母亲为我骄傲，又确保双手不离开父亲的生意发展。但让我最开心的并不是工厂，而是沿着石子路上学的那种兴奋，感受湿冷厚重的城市空气粘在我热切的脸颊上，眺望田野里为生存辛勤劳作的男男女女。我有些沾沾自喜，但从不幸灾乐祸，因为和盛儿家的交情早已让我变得脚踏实地。但也正是通过这些经历，我开始有些理解父亲对优越感和成功的痴迷，以及他对财富的渴望。贫穷的威胁确实有些可怕，它让人敬畏每天的工作。

人人都承认我在学校很努力，可能因为我内心想报答母亲对我的信任，从小到大，我都视她为偶像。但或许因为离开车间太久，我也努力保持平衡，安抚父亲。虽然上学让我们在一起的时间很短，不过我很感激学校让我能离开家和工作，因为我确实需要一些时间远离父母，能有机会接近城里真实的生活以及它赋予人的一切。我是长子，所以我想快快成长。

我从没告诉别人，学校里的课程我学得有多费劲，除了外语课。我一开始就对英语情有独钟，它太吸引我了，法语也学得不错，但法语没有在全国范围推广，因为没有英语那么重要。从传教士的口中我得知，随着中国努力在全球通用语言的世界中获得认同感，这也会成为我去往海外的通行证。我也确实幻想着自己能和其他国家的人一起自信地旅行，尤其在我看到父亲在上流社会的地位如此尴尬，看到他笨拙地沉浸在虚假的归属感中时。只要想到能够与来自西方的精明人士平等来往，我就充满了强烈的抱负。在传教士的启发下，我开始对他们独特的口音、迷人的单词和音节产生了兴趣，就像某种高级的"外星语"，跟我的母语太不一样了。

有天晚上，一位年长的朋友请我出去喝酒，最后我喝到烂醉。他很有钱，在城里的妓院给每个人都找了一位姑娘。我们侥幸没有被人发现，虽然仅此一次，但事实证明，这太容易让人上瘾了，后来当我负担得起并能确保可以逃避惩罚的时候，又用自己的钱时不时地秘密拜访了几次。

对于生意本身，以及真正的财务运作状况，我们都一无所知，包括母亲在内。它就像一个被父亲牢牢锁在心中的秘密。他只是确保我们衣食无缺，好让我们闭上嘴巴，然后在他渴望进入的精英社会边缘站稳脚跟。所以尽管父亲在很多方面都引人注意，但他欺哄不了我，他忙于过分铺张地盛情款待宾客，因此看不清真相，错觉大大蒙蔽了他的理性，他仰视所有人，愚蠢地以为他们是他真正的朋友。

私人鸦片馆，就是精英阶层的众多陷阱之一。参与这项隐蔽活动是我父亲垂涎的上流社会身份的标志，他竟然声称，我们应该感谢英国人带来如此丰富并受欢迎的东西。我敢肯定，他在这种只有少数人经常光顾的地方，就像在天堂里一般。虽然大家避讳不言，但我曾听说，富裕阶层聚集在环绕着世俗图画的精致小房间里的鸦片床上，看起来如半人半神。

　　我也知道穷一些的人买了鸦片去哪里吸，而且我更同情他们。毫无疑问，他们迫切需要它带来的安慰，但在农村的土话中，鸦片被称作"黑米"，吸食鸦片被视作痛苦和疾病的来源，那种甜腻的、令人恶心的味道，常常穿出走廊，渗到开阔的街道，让人不知道都很难，只要闻过它的气味，下次就肯定不会弄错。这股烟味很快就被另外故意点着的焚香冲淡了，焚香的味道也四处飘散，由此产生的混合气味就像陈腐的香水一样弥漫在空气中。

　　普通的鸦片摊对所有人开放，无论是雇农还是黄包车夫，他们可以花很少的钱去抽一次。但我父亲经常光顾的那些高级鸦片馆却不允许普通人进入。人们很少谈及这些隐蔽的活动，更别提在家里讨论了。话虽如此，父亲不在家时，我和母亲却经常拿他精致的烟袋和各种装置开玩笑，我俩假装吸着他那堆花里胡哨的竹制烟管，像喝醉酒一样东倒西歪地走着，他要是看到，肯定会跳脚的。这种事情我却可以和母亲笑到一起，除了盛儿，她就是我最好的朋友，我从她身上学到了很多。

赌博不一样，有时还带来收益，人们也可以更公开地聚在一起。神秘感伴随骰子碰撞的独特声响、骨牌在木头上的咔嗒声、人们的低吼声以及赢家的喧闹声展开。这不是休闲，而是战争。大家假装在一起喝茶，漫不经心地讨论一些肤浅的生意问题，但是每当我撞见父亲和他那些虚假的朋友在一起时，气氛就完全不同了，它的严肃性让任何一个无助的参与者都不敢正视。我父亲给他精挑细选的观众做了一场精彩的表演，但当他看到我时，喜气洋洋的面孔就立刻变得难看起来，他这种尴尬又妥协的表情让我怀疑他输得很惨，但由于我也不能确定，也没有特别在乎到一定要去探寻真相，就把这种怀疑置之脑后了。他当然是宁愿输也不愿让那些他要努力讨好的人扫兴。

父亲工作很努力，因此还是赢得了我的尊重，他已经获得了很出色的业绩，当然，一切从表面上看似乎都很顺利，所以他不在的时候是亏还是赚，我也没想太多，有很长一段时间，我都不再管这些事，以为他只是需要像其他人一样和朋友们释放一下。但他却和别人不一样。

父亲是幸运的，因为商人阶层确实在不断发展上升。

是的，我确定我们攀得有些过高，但只要能看到真正的资金进来，我就宁可保持沉默。听说，是铁路使父亲所在的这个中国少数阶层不断发展起来，那为什么他还不满足呢？这本该是一件足以让他安稳下来并值得骄傲的事啊，尽管国家在过去的冲突中被伤害得体无完肤，但我们至少从错误中吸取了教训。我们现在认识到通过铁路载人运货的价值，中国已经开始优先考虑铁路建设，这是最佳的发展方向，随着主要铁路的国有化，我家在机械方面的投资正迅速成为国家现代化趋势的重要组成部分。父亲的维修与供货仓库变得越来越重要，但表面上看这仍是一家小公司，而且父亲还是无可救药地急于得到社会地位上的认可。人们都说，虽然现在我国仍远远落后于日本的工业化进程，但我们确实已经迈出了第一步，而且让我高兴的是，我家也以自己的方式参与了这一发展。

在我们的文化中，孔子是公认的"神明"，长期以来在社会中一直被很多人崇拜，所以我周围的人都因自己同是山东人而自豪。但谈到儒家语录时，我和母亲却总喜欢开玩笑，私下里，我们把敬奉放在一边，用自造的语句调侃：

"母亲，是谁说了'咥然而不绝，扑跌而不振'[1]？"因为我笑得倒在地上，母亲也不禁咯咯笑个不停。

我知道母亲很爱我，她在父亲发脾气后安慰我，而且总是以很微妙的方式表达出来，每当我情绪低落，总能给我一缕阳光，我向她倾诉自己的希望和恐惧。偶尔，她也会把自己的一些想法告诉我，是她让我认识到自己很重要，是真正的成年人，也已经是父业的合格继承者了。

我认识的每个人都很钦佩我母亲，这可能由于她从小就有坚强的性格，在年幼的时候就敢于表达抗议，所以她争取到了难得的自由，得以一直受益到成年。哎，但她长大成人后，不得不装出一副温顺服从的样子。和我一样，她的家庭也得益于一位可敬的母亲，但跟我不同的是，我母亲作为家中最小的孩子，一直背负着家里的重担。可是作为最小的孩子，她也因祸得福，在她小时候，年龄最大

---

[1] 此句灵感应来自《礼记·儒行》中的"博学而不穷，笃行而不倦"。英文版中，作者和母亲调侃改后的语句直译为"笑得最欢却摔得最狠"，此处的"咥然而不绝，扑跌而不振"为译者模仿《礼记·儒行》中句子的格式翻译而成。

的女孩通常会被迫缠足，这是她最害怕的残忍行径。母亲从一开始就喜欢在户外工作，所以她没有受到过如此可怕的折磨，真是上天的恩赐。

能成功摆脱缠足，她谦虚地把这归功于运气。为了不让人看出她竟然没有缠足，母亲会假装摇摇摆摆地走来走去，像其他裹小脚的中国妇女一样。这样的伪装成了她的习惯。讽刺的是，母亲这种罕见的欺骗，恰恰符合我们这个爱装假的家庭形象，当然，母亲的诡计显然不是父亲的那种对精英阶层的欺骗，母亲不需要渴望或追求任何东西，她只是在父亲创造的名声下生活，并且总是乐于跟我在家里一起嘲笑我们自己。当我和母亲单独在家时，我有时会故意摇摇摆摆地走路，说："母亲，看！我是假扮成贵妇的小企鹅。"

我喜欢逗母亲笑，她笑起来全身都跟着抖，脸像洋娃娃一样容光焕发。看得出，这对她来说是真正的释放，从一生都在扮演着听命顺从的女儿和母亲的角色中释放出来，她可不仅仅是这些。麻烦的是，我对母亲的崇拜影响到我对其他女性的欣赏标准。别人怎能比得上她呢？每次有机会去见我可能会感兴趣的女孩，最后都没成。父母曾安排我去见过几个女孩，作为长子我是有发言权的，所以我把她们一个个都拒绝了，明确表示我觉得这些本地女孩子不够聪明。

我对女性的全部欲求已经在偷着拜访城里的青楼时得到了满足，至少当时是。在那里既令人兴奋，又私密，全在我自己的掌控之下，让我可以了解女人之所以为女人，而不需掺杂复杂的情感和家庭压力。我父母对此一无所知。

虽然我和母亲关系很亲密，但总有个话题我从来不敢提起。我常常纳闷，为什么我和两个弟弟之间的年龄差距这么大，我知道这个话题非常敏感，因为从来没人坦率地提起过，所以我也只是接受了。其实知道这些也并不重要，但母亲除此以外在其他事上对我都非常坦率，这就显得更奇怪了。我只知道当我十几岁时，我和弟弟们在年龄上的巨大差异对我来说意味着两件事：一，我和弟弟们没有什么共同之处，但他俩之间的距离却越来越近；二，惟有我年长这么多，便成了母亲最好的朋友和知己。所以仔细一想，还算是我的幸运。

我经常忘记，其实她来自一个真正受敬仰的上流社会家庭（父亲可能就是从这里受了影响）。她从不装腔作势也没有什么架子，但我能想象，父亲正是利用母亲的嫁妆开始创业并改善了我家的条件。她从不提这事，但有时会怀旧地谈到娘家的繁荣和地位使她能在"好日子"中成长，所以我的猜测应该是对的。

年轻时我常在这些猜想中挣扎，但现在我终于明白了为什么父亲对公司经营状况守口如瓶，现在回想起来，我才知道为什么他不许任何人查问生意的真实状况，因为他不想让人发现自己把通过婚姻得到的资产挥霍得精光。对上层社会的痴迷，让他继续以挤进这从未公开认可他的圈子为首要任务。随着年龄的增长，我逐渐模模糊糊地看出了这一点。但父亲越发嗜赌成瘾，就越让我尴尬不已。我知道，如果我想最终接管家里的生意，就必须睁一只眼闭一只眼。

在家时母亲能带给我些许安慰，和盛儿在一起时，更算得上是完全的释放。只要我有几天假期，就会恳求父母让我和他多待一段时间。去他住的乡下需要长途跋涉，但只要和他在一起，就是到了真正的世外桃源。因为盛儿比我小几岁，总是很不成熟，所以和他在一起时，我也经常忘记自己已经成年，但他还是比我的两个弟弟大，而且我和他有更多共同点。

我讨厌工作时的各种污垢和油烟味，盛儿家农场的气息总是让我充满兴奋、备受鼓舞。挺奇怪的，动物的气味虽然难闻，却是天然的，厚重地飘荡在乡间的空气中，让我又精力充沛起来。我们和动物玩得浑身脏兮兮的，但我实在喜欢这样远离家庭束缚，跟盛儿一起享受孩子般的自由时光。盛儿真正属于这片大地，所以我也能透过他感受到大地的脉动。有一次，我们把所有的山羊赶进盛儿他父亲看不见的一个棚里，我们咯咯地笑着躲起来，看到我姑父气得发疯，咆哮着以为他的羊被偷了。

"盛儿！盛儿！你个小兔崽子去哪儿了？羊都丢了！咱们被抢了！"

我俩又害怕，又忍不住大笑，又不敢笑出声，这些如此复杂地交织出我眼中满溢的幸福。你可能以为我们会因为这样的恶作剧而惹上大麻烦，但盛儿的父亲最终总是原谅我们，主要是因为他对我特别的尊重，姑姑和姑父把我当成努力工作获得成功的光辉榜样，但我认为自己只是一个被宠坏的城里小子，在盛儿的农场里横行霸道，他们想让盛儿也追求我的成就，这让我很困惑，我反而觉得盛儿在很多方面都比我幸运，他似乎对自己现在的状态十分满意，但其实他的体力无法再有更多的发挥了。我只是勉强没有给盛儿带来什么坏的影响，这样我就很知足了。

我们搭起帐篷，玩打仗的游戏，又时常跳进各种各样的藏身之处，在他家里藏起来能默默等待好几个钟头，直到谁先绷不住了傻笑起来，把我们的游戏暴露了。有一次盛儿差点从屋顶滚下来，我们又忍不住笑得停不下来，他像个张牙舞爪的大蜘蛛，手臂在空中乱挥，幸好我及时抓住了他。

然而盛儿有个梦想是我没能和他产生共鸣的，在我看来，打仗游戏只是一场游戏，但是盛儿经常幻想能用参军的方式为国效力。我当时还没有多想。我觉得他一定渴望有男子汉的雄心壮志，而在家里种地确实没什么发展。他在谈论当兵的梦想时非常快乐，仿佛相信自己可以达到服兵役的标准，但实际上我觉得他的身体状况肯定不够格。

"杨，咱们一起参军吧，为国并肩作战，帮老百姓打敌人。"然后他就像着了魔的孩子一样，假装拿着冲锋枪在空中扫射。我没有泼他冷水，我不能这么做，即使在这种时刻我觉得自己又回到成年表兄的身份。玩打仗游戏很好，我确实喜欢，但我并没有真想上战场，盛儿知道我真正的抱负是什么，所以我们只是做游戏假装在打仗，但实际上，这跟我们想要在以后生活中经历的事情相差十万八千里。

盛儿的父亲是真正的农民出身，但和许多勤勤恳恳的农民相比，他有一些更胜一筹的技能，他会木雕，做出来的精巧动物和鸟类形象简直令人惊叹。他知道自己的独苗盛儿体力不行，不能指望他去耕地，但至少可以把自己这雕刻的灵巧技艺传承下去。盛儿确实一开始就展示出从父亲那里继承的天赋，他用一块原始的木头和软质金属的边角料，做过一系列装饰小物件，让他家人自豪极了。

　　我最早去盛儿家时，才发现自己原来也有隐藏的天赋。打小我就发现姑父和小鸟之间异乎寻常的亲密，这种事在我家可从没见过。盛儿的父亲对这些小生命有一种天生的本领，能照顾虚弱的或是受伤的雏鸟恢复健康。仿佛他从这些弱小的动物身上不仅获得了忠诚，也得到了爱，假如鸟类也有感情的话。一次又一次，他精心地训练鸟儿飞向他，急切地在他手上挥动翅膀要从他嘴里吃食，它们在他身边飞来飞去，把小树枝和其他零碎叼来，就好像他答应过要教它们筑巢作为奖励一样。这实在是不寻常的事，我请求他一遍遍地重复这表演，直到他坚持不再演了，哪怕只是为了这些小鸟。盛儿却完全不感兴趣，但是看我这么着迷，姑父开始教我学习这一本领。我仿佛着了魔一般，用很短的时间就继承了这精妙的技巧。

　　然而真正抓住每个人心的，是一只羽翼未丰的小麻雀。有一次我去盛儿家，发现他父亲总是特别关照一只看上去并不虚弱的幼鸟，无论他怎么哄，这鸟就是不愿意离开他回到属于自己的野外，他们之间已经越发亲密。姑父想到他还从没听过这个可爱的小家伙唱歌，就不再那么坚决地非要让它离开了。他想尽办法，也没能让小家伙鸣叫一声，所以找我帮忙，看看能不能有什么主意。每次我去那里，都能有一点小小的进展，最后，我终于能像魔术师变戏法一样，给姑父展示这个小家伙的惊人变化了，之前我给这只麻雀起名叫"小哑巴鸟"，现在我把它重新交给姑父，"大变身"的它振动起喙来，唱出最优美的曲调。我成功了！这只麻雀终于愿意打破沉默！这可能就是我曾经最自豪的时刻，也深深触动了盛儿一家。

"杨真是我的驯鸟小天才！"姑父激动地说，因此随着时间的推移，每次我的到来都更加令人期待。

但让我很困惑的是，盛儿的家人总是担心我会厌倦去拜访他们，他们永远无法理解和盛儿在一起的时光多么令我兴奋。在这片土地上艰难地生存是他们的命运，除此以外他们对别的事情却从不了解，他们担心五光十色的城市生活迟早会把我从他们身边引诱走。

农村生活确实有好处，让我感到自己生而为人的意义，虽然并不总是有益健康，因为这里经常臭气熏天，周围几乎没有新鲜空气。我姑父养了太多动物，空间却狭小，但他们就是这样过日子，用尽自己拥有的每一点生产力。不光是农场有臭味，盛儿的身上也散发臭味，我猜他从来没好好洗过澡，或许是他的衣服已被农场的泥土臭味完全"感染"了，所以也就洗不干净。

然而我的世界却与盛儿的世界相隔如此遥远，在这儿，一切都不曾被更强硬的外力所改变、所触碰、所玷污。似乎很讽刺，我们的大城市在被外国势力的恐怖驱使下向前发展，然而像姑父家这样受压迫的人却在农村的贫困中苦苦挣扎，但这并非这些苦命农民的错。中国仍然严重依赖着农业，因此一时半会儿还改变不了这一局面。

而我这边，生活其实已经很美好了，虽然并不完美，但对比盛儿家和周围其他贫困家庭，我真的没什么可抱怨的，有太多都值得去感恩。在当前这样的生活状态中，我只是一个偶尔路过盛儿的世界并充满感激的访客，喜欢那些与我在家中、在工作中完全不同的一切。每当我该离开盛儿回家时，心都要碎了，想到又要重返三点一线的辛苦生活就头大。我渐渐意识到，现在我已经 27 岁，来自家人让我找个女人结婚的压力会越来越大。

是时候该成熟起来了，所以我也会想自己该做点什么。

第三章
背叛——1917 年 1 月末

没过多久，我的生活就彻底改变了，但我却根本没有机会做好准备迎接那日的晴天霹雳。当可怕的敲门声传来时，我的心和着三声响亮的重击怦怦直跳。我怎么也不敢相信这一刻的到来，看着母亲崩溃，我几乎要垮下去。父亲怎么能对我们做出这样的事？我们怎么会天真到如此可怜的地步？

多年来，父亲对生意的实情都守口如瓶，我们一直担惊受怕，果不其然，这背后竟隐藏着如此这般的邪恶，但即便到了现在，我也确信肯定有其他办法能还清他欠下的债，而不必走到这一步。我们有山东最好的机械设备，但这下才发现原来父亲采购过度，严重透支了自己的财力，也远远超出了项目订单的需求，再加上赌博，一定让他陷入了恶性循环的深渊。我已经担心了很长时间，怕他可能会走火入魔，但从没想过这会导致怎样的后果。父亲真是个容易上当受骗、误入歧途的傻瓜啊！

想到父亲无所顾忌地膜拜、谄媚权贵的样子，想到他毁掉了家里的生意，我就恨极了，所有逐渐加深的质疑和怨恨涌上我的心头，仿佛正在心里把他杀掉一样。他难道没有看到自己一直所做的事多么徒劳和虚空吗？如果他能把所有的精力和金钱都放在生意上，而不是去迎合那帮假朋友，情况可能会变得完全不同。

即使我早就开始怀疑父亲可能负债累累，其程度已经失控，我也没想到情况竟然已经糟糕到这个地步。而且，我做梦也不会料到自己会成为替死鬼，难以置信我竟被用来收拾这个烂摊子。简直太恐怖了，居然为了维持生意运转把我"卖掉"！

我永远也不会忘记，父亲尴尬地宣布他之前极力掩盖的真相时脸上露出的绝望，看得出来，这对他来说算是措手不及、无处躲藏的灭顶之灾，他那么要面子，这样羞辱的事情一定是他最可怕的噩梦。虽然不愿意，但他不得不坦白交代，因为他的那套伎俩玩不下去了，他认输了。

当时我们已经知道，政府正在鼓励像我这么大的年轻人去报名参加欧洲协约国的非战斗劳工。当权者极力想要更多了解西方的文化，让世界尽快承认中国是个伟大的国家，而战争被视为能够实现这一目标的机会。英国给中国劳工的工钱是那边战场上最低的，但是作为补偿，会把大部分钱直接付给劳工在国内的家人，之前我们还不知道，但父亲得知以后，就立刻咬牙做出了决定，这对他再好不过了，找到了一个保险的方法救自己，而我却成为全家的赎金。

对他是意外收获。对我是彻底的背叛。

当时，和大多数传统的中国人一样，我们从小就被灌输要看重家族荣誉和听命于父母以尽孝的观念。然而，父亲这最后一招，简直是完全的背信弃义。什么家族的荣耀？去死吧！

我不会再敬重他了。作为长子，父亲早就把家族的事业许诺给了我，我也付出了自己最好的年华为此而努力，但现在，这一切都毫无意义了。那令人作呕的敲门声，证实了父亲已经彻底撕毁了他的诺言。

父亲打开门，透过这扇大大敞开的门，我看到两个身材魁梧的代理人，他们从债主那里来要把我接走。我真要走了吗？上天啊，这就如同别人犯了罪却逮捕了我一样。

接下来的几分钟像是几个钟头。父亲极力要把我从母亲颤抖的怀中扯出来，两个弟弟也吓得要死，紧紧抱住我们。我用尽全力把父亲推开，他差点摔倒。我转过身，拥抱悲痛欲绝的母亲，她那弱小的身躯，连同长长的发辫和白色的棉外套，像个孩子一样在我和弟弟们的围抱中都看不见了。恐惧、混乱、困惑包围了我们，没人知道该说什么或做什么。我愤怒地伸出手把父亲推开时，只听见他说很抱歉，说让我不要担心，他会在战争胜利、我回来之前，培养弟弟们把生意继续做下去。这可能是我有生以来第一次听到父亲向人道歉，但这话像水付之东流一样毫无意义。他需要我的每一分工钱来维持生计，所以他肯定希望打一场持久战。

我真是气急了，愤懑填胸，恨他的背叛，他彻底辜负了我的信任，我也永远都不想再回来。我准备好面对这无法逃避的一切，母亲抓住我，给了我最后一次绝望的拥抱。她的身材如此瘦小，我记得这最后一次的拥抱时，我弯下腰将她紧紧包裹，闻到她白色棉外套上的香味，我的眼泪几乎夺眶而出。我一动不动地听到她在我耳边轻轻说了几句，十分清晰，就像大声宣布一样：

"带上这个，我的宝贝杨，永远留着，记住……"她一边抽泣，一边清晰而坚定地说，"我不能再失去一个孩子了……"她补充道，这番话着实让我震惊，然后她把一个硬硬的小东西塞到我手里，又把我的手指合在上面握住。用不着多想，我就接了过来，放在口袋里。到底是什么意思？她的话一遍遍地在我脑海里重复着，就像古钟在回荡，令我颤抖。突然间，我明白了多年来百思不得其解的谜团，母亲毫无预兆地说出她一直保守的秘密：在我出生之后，她曾失去过一个孩子！

这片刻的凝固时间里，我脑海中哀怨的真空，瞬间被喷涌的彻悟充满了。她吐露了内心最深处的秘密，一个她用生命捍卫的秘密。很多时候，只有当残缺的拼图块儿在关键时刻落在正确的位置上，才能使人真正如释重负。

不过，我也并不惊讶母亲竟能把自己伤痛的经历隐瞒这么久，她素来行事谨慎，肯定不愿让这样敏感的事件伤害到我，尤其当我还是个孩子的时候。何况很可能再提到这事就像揭开她的伤疤一样，又能有什么意义呢？我和两个弟弟为什么有这么大的年龄差距，为什么这个问题从来没有得到过一个恰当的答案，这回终于明朗了。

一切都结束了，或者说我所熟悉的生活就这样结束了。我被带到山东省的英国招募中心时，头脑一片空白，我知道自己既无法逃离，也不能回头。想到母亲突如其来令人揪心的坦白以及她之后陷入无法抑制的悲伤，再加上弟弟们哭泣的声音回荡在耳边，更加令我怒火中烧。我从没在他们那里有过如此难以忍受又不可磨灭的痛苦。

我们出发的时候，随着车轮在打滑，我顺势把手伸进口袋，想看看母亲塞给我的那个小东西。当我意识到它是什么时，勉强地笑了，是母亲经常提起却只让我看过一次的护身符。这个用玉制成的咧着嘴笑的青色小人，是她出嫁时她母亲送的珍贵礼物，虽小，却意义非凡。母亲一直过得很好，我想是这护身符给她带来了一些好运气，所以现在它一定也会给我带来好运，这是我从家中和母亲的爱中能够带走的一切了！我用手指摸了摸那小人儿胖胖的脑袋，然后赶紧把它塞回口袋，生怕这两个被派来的人会发现并怀疑它有什么价值。眼泪还是不停地从我脸上流下来，随后愤怒再一次笼罩着我，对前方的未知让我皱紧了眉头。

　　当我开始面对要在所有文件上签字、按手印以及不得不在英国人面前脱光衣服进行有失尊严的体检时，我下定决心，要让父亲知道我不需要他，也不需要他的生意。他可以维持公司运作，但有那么一刻我真是自私地盼望弟弟们因为太小而不能轻易进入我一直渴望的位置，甚至希望，如果没有我，公司会举步维艰。我知道无论怎样，母亲都能走下去，因为她还有娘家为后盾，所以为了自己，我坚定了反对父亲的决心。不管在欧洲会遇到什么，我都要靠自己取得成功，为自己扬名，这要成为我至死追求的目标。

"当我开始面对要在所有文件上签字、按手印以及不得不在英国人面前脱光衣服……"

第四章
单程票

　　我竟然在征兵站见到了表弟——我最好的朋友盛儿！这实在是巨大的惊喜！我俩都很惊讶。

　　"杨！"盛儿在另一队的后面喊道，"……你怎么也在这儿？我都不知道你要报名！"

　　我向他解释了一下，但没有提及自己被强征入伍的惨剧，谁让我们两家关系太近呢，所以不愿让他们知道我那可悲父亲的背信弃义。至于盛儿，他早就说过要报名参军，但我做梦也没想到他会坚持。当时有大批比我年纪小一些、跟他同龄的年轻人被官方宣传说服了，他天真又富于幻想，所以估计他只是随大流罢了，可以以此方式向家人、甚至向自己证明他的实力，但想象不出他怎么能有体力应付得来。

　　盛儿的惊讶是可想而知的。他知道我心系父亲的机械生意，也知道继承父业是我梦寐以求的事情。我只用一句带过，说需要拓展自己在各方面的本领，而且会在战争结束后就回来接管公司。盛儿没多问似乎就相信了。

体检非常折磨人。我以为听错了，它被称为"隔离检疫"，我一直以为这个词只适用于动物，但是，英军军官如此冷酷无情，对待我们就像对待牲口一样，所以这用词或许很贴切，因此，当他们把这些流程称为"香肠作坊"时，也并不奇怪。我相信自己能通过体检，但对盛儿来说，虽然已到成年，他的体格还是比我弱太多，所以不知道他能不能行。在混乱中，因为人太多，我找不到他了，也没再听到他的消息。而我这边，随着陆续走完各个流程，情况也有了很大好转。

当时有很多人推搡，也有很多农村小伙被隔离出去，我却不知道这对他们来说是好消息还是坏消息。在这折磨人的体检艰难地进行时，没人告知我们任何信息。

体检一结束，大家就被注射了规定的伤寒疫苗，之后又被几个傲慢无礼却发音优雅的年轻招募官盘问起来。我先是听到他们十分严厉地对待前面的一两个人，但后来双方都在语言上遇到困难。因为我的英语很好，法语也不算差，所以真是特别感谢母亲一直以来对我在教育方面的督促。现在我已经快三十岁，比别人都大一些，所以当然更能胜任，也比年轻人更成熟、更有阅历。

轮到我时，确实吸引了一些人的目光。"希望你们不要把我刷下去，"我尽力用标准的英语口音不带感情地说。

军官们的表情让我高兴极了。

"如果去法国的行程真像我听到的那么长，我可能要和你们年轻人好好谈一谈了。"幸好这样说并没有遭到指责，反而让有些人露出欣慰的微笑。

不知道他们对我有什么评价，也不晓得他们写了些什么，但好像很快我就从人群中被分出来。不久后，我已经知道自己得到了长官们的认可，效果是立竿见影的。

大多数新兵在当天被详细告知他们要穿越太平洋从加拿大前往法国（没人了解这意味着什么）。而我却被选中跟着一支规模较小的特遣队经过苏伊士运河，据说这是一条比较容易走的航线。不知为何，分给我的是不同的服装，比大多数劳工的看起来更加轻便灵活。最后我拿到的物品有：一套非常合体的卡其布衣服、一条宽大的丝质领带和一双舒适的白边儿鞋，还有一顶给所有人都发放的帽子。有人怀疑，等将来回国时，这些还能不能被完好地保存下来。总而言之，我似乎已经开始交了好运。其他新兵完全不知道英国人在说什么，所以也没人对我受到的优待有什么反应，大家只是在被推来推去时发发牢骚而已。

和盛儿分开以后，我就独自行动了。作为一个表现自信、又能用外语沟通的人，我已经脱颖而出，所以决定首先要和英国军官搞好关系。但现在摆在面前的依然将是一

"……还有一顶给所有人都发放的帽子。有人怀疑，等将来回国时，这些还能不能被完好地保存下来。"

段漫长又未知的旅程，而且这毕竟是我没有期待过的，尽管给我安排的线路可能稍微容易一些，但估计一路上都不会有人照顾我们。

在招募中心，也就是"香肠作坊"里受到的待遇，已经把大多数人震慑住了：在一个看起来像是剪羊毛的棚子里，给我们集中理发，实在是让人惊恐的考验，更别提后面脱光衣服、冲凉水澡，然后隔离体检——简直是纯粹的羞辱。但这还没结束，体检过后还要按手印采集指纹，好像盛儿家农场里的牲畜一样，这是区别我们的唯一标记，不再有姓名，只有身份代码的号牌，一旦这"狗牌"被夹在手腕上，我们就要听从外国人的指挥了。

当那些可怜的农村小伙突然意识到自己将失去宝贵的辫子时，非常恐惧，他们完全不知道会发生这样的事，只猜到脸会被刮得干干净净，但英军根本没料到在体检中，这样一个看似简单的过程会招致抗议，他们对我们的文化知之甚少。当时我就想起了可怜的盛儿，如果他那梳理整齐的辫子被剪了，肯定会十分难为情，辫子对他来说是很私人的，也是他的一部分。我这边就很简单，已经很短的头发，被这群不懂中国传统文化对农村同胞有多么重要的人再剪两刀也无妨。但后来，英国人就不管不顾了。从我听到他们对我们的评价来看，这是必然的，因为在整个过程中我们都被很粗暴地对待。

现实跟当初用来吸引年轻人而精心策划的宣传是多么不同啊！英军对情况产生如此严重的误判，让我担心将来我们的"东家"可能会因为不懂中国文化并缺乏同理心，导致不满情绪日益严重。

尽管那天我经历了这么多事，仍然有勇气期待这趟旅程，哪怕只是一瞬间的勇气。但当我们被塞进汗臭难忍的火车时，我才意识到拥挤的人群实在是令人厌烦，这简直比挤在我们山东镇上锈迹斑斑的旧消防车里还要糟糕，大家都曾说那消防车很先进，还称它为"火车"，可我却曾不惜一切代价避开那些危险的金属箱子。

我也上了火车，看到院子那头的劳工们正被勒令排成有序的队列，这场景似曾相识，大家好像被赶进盛儿家农场窄门的动物，唯一缺少的是动物们抗议的叫声。

如果这个开始还只是我们在自己国家里所遭受的，那真令人担心将来还会发生什么。我到底是怎么被交易到这儿来的？真是一场精心策划的折磨。

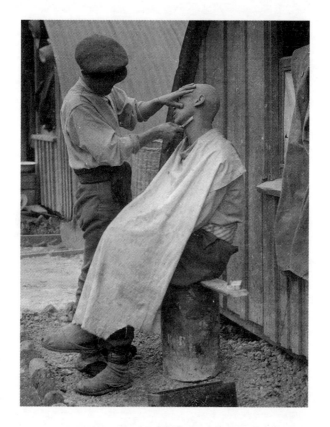

"……当那些可怜的农村小伙突然意识到自己将失去宝贵的辫子时，非常恐惧……只猜到脸会被刮得干干净净……"

第五章

通往地狱的路

第一部分

盛儿在阿陀斯号[1]上的旅程

看到身边数不清的人都倒下，盛儿再也忍受不了了，他开始呕吐，被船舱里的味道熏得不行，巴不得自己死了

---

[1] 阿陀斯号是一艘法国货船，1915年首次下水。1917年2月17日，在它的第三次航行中，遭遇德军潜艇U-65的伏击，阿陀斯号在14分钟内沉没。船上有船员、中国劳工、士兵、包括妇女和儿童在内的平民，共计1950人，其中754人遇难，幸存者被一艘护卫舰、一艘炮艇和一艘鱼雷艇救起。据史料记载，阿陀斯号是在马耳他岛东南部被击沉，此处作者描写的盛儿所在的路线却是从太平洋经过加拿大再到法国。此处疑为作者记错。

才好。之前从没有人告诉过他什么叫晕船，他也从没听说过，还天真地以为大海就是个平静的湖，满载胜利希望的大船在水面上横冲直撞，执行征服敌军的任务。由于没人告诉过他，所以他根本不清楚真相。

　　码头上应该到处都有警示牌，但即使盛儿有毅力去抵抗海的肆虐，他挤进去的那艘蒸汽轮船也实在是太拥挤了，周围惊恐的人们散发出的汗臭味就足以让他倒下，再加上像石子一样被太平洋抛来抛去，只会使已经很令人惊惧的环境更糟糕。

　　盛儿一直和他的新伙伴小韩在一起，而小韩也同样处在痛苦中。不幸的遭遇使这两位谦逊、保守的农村小伙很乐意一起搭伴，远离某些从一开始就看着不太安分的人，那些人没几天就开始拉帮结伙，但随着日子越来越漫长难熬，他们的精神头儿就被令人作呕、永不停歇的波浪削弱了。船无情地摇晃着，虽然甲板上肯定更是被挤得水泄不通，但至少上面还有新鲜空气，而底层这里却让人压抑至极，许多人已经被击垮，无助地伸开四肢，不知如何是好。之前的叫喊声、咒骂声早已变成了可怕的呕吐声和呻吟声。

　　这是一条通向地狱的路，即使山东条件再不好，也没有一个中国人能料到还会有如此糟糕的环境。要不是大批中国劳工都病倒了，肯定会爆发骚乱。这些可怜人现在更在乎自己的生死存亡和健康状况，而不是为反对非人道的环境而抗议。

* * *

盛儿听到一声他从没听过的巨大响动，不过谢天谢地，并不在盛儿的座位这边，像是船体发生了巨大的爆炸。

"怎么回事？"小韩在盛儿旁边尖叫，那声响几乎震破了他本已脆弱的耳膜。他们俩正一起抽的烟掉在了地板上。

刺耳的警报声证实船上的确发生了一起重大事故。他们都要爬上甲板。救生艇上已经有人了。大家陷入可怕的恐慌之中。盛儿知道，如果自己摔倒，那些拼命爬上狭窄金属楼梯的疯狂的人们，瞬间就会把他压垮。

海水已经从船侧的裂缝处冲了进来，一具具遇难者的遗体被水流淹没在寂静中。船上负责的官员起初试图维持秩序，但他们更关心自己的生命，而不是引导新兵到安全的地方。一个个疲惫不堪、汗流浃背的身躯被冲了出来，就像被麻醉了一半的狗，从囚禁的地方被释放到外面狂暴的环境中。

甲板上的人们很快就清楚发生了什么事，一艘德国 U

型潜艇发射的鱼雷击中了船身一侧，随后又立刻潜入深海中。场面真是混乱不堪，没有人领导，只有少数人试图按紧急安全流程行事。最后彻底乱套了。

大家混乱地从甲板跳上已经拥挤不堪的救生艇，还有许多人紧紧抓住船舷和破碎的船体。盛儿亲眼看到许多同胞在汹涌的大海中溺亡，他们眼睛睁得大大的，手臂绝望地在空中挥舞。好多人都来自内地的农村和工厂，根本不会游泳。盛儿被吓坏了，不知道自己还能不能逃过这一劫，但不知怎的，他还是冷静下来，虽然自己体力不如别人，但既然这些人都快淹死了，他更不能莽撞地也跟着跳下去。他踌躇着，相信一定还有更审慎的解决办法能保全他的命让他活下来。他清楚知道自己的短板在哪儿。

就快没时间了，船开始剧烈倾斜。盛儿不知道从哪里来的力量，突然找到一个机会，纵身一跃，跳到更远处能游得开的一片海里，可能是借着船身倾斜的劲儿，盛儿抓住这一瞬间形成的绝佳起跳点，成功跳过了挤在一起挣扎的人们，同时也避免了被快速下沉的船体吸入漩涡里。冰冷的海水冲击着他的胸膛，寒冷使他无法呼吸，浑身刺痛，他害怕自己心力衰竭。一切都沉浸在黑暗、狂暴与刺骨的寒冷中。自小就有的虚弱体质开始拖累他，可是就在他以为自己的肺肯定要崩溃时，幸运之神再次眷顾了他，一股奇怪的海浪把他冲到正确的方向，这样他就能牢牢地抓住附近一艘护卫舰的围栏，他用尽全力把自己拉到了安全的地方。在如此波涛汹涌的大海上捡回一条命简直是个奇迹！

盛儿意识到自己没有成为那群漂浮的死尸中的一员，他仰面躺在一艘浸在水中彻底坏掉的备用船的甲板上。两名法国水手把盛儿拽出来，他终于松了一口气，但不知道他们说了什么，直到事后有人告诉他。

他们冷漠无情地命令道："起来……你没事儿，你是个幸运的中国佬，赶紧把自己晾干……"他们呵斥盛儿赶快到一边去，但他冻得发抖，站都站不住了。当他挣扎着要跳到救援船的甲板上时，脑子里一片空白，这是他小时候在温暖泥泞的农村池塘里学会游泳以后，第一次因为跳入水中而带来的创伤。很明显，这次打击仁慈地阻断了他的记忆，好像要将其冷冻起来以待日后追溯。

盛儿和他在沉船之前就见过的两个小伙子待在一起，慢慢缓过劲儿来。随后，一个令人惊惧的消息得到证实——船上至少有几百人溺水身亡了！实在难以想象！大家的士气严重受挫，之前被劝说报名时，还以为参加非战斗劳工会更安全，现在才发现，连目的地还没到，就在海中消亡了。真是噩梦一场！

盛儿一言不发，竭尽所能地恢复体力，让自己冷静思考，以免崩溃。就是这么一会儿工夫，小韩——与他在"地狱"里相互依偎的同伴——现在已不见踪影。盛儿猜他可能已经不在了。他后来再也没有见过小韩。唯一让他感到欣慰的是，这场浩劫似乎治愈了他之前的晕船。这些天来，他第一次狼吞虎咽地吃下了自己在刚起航时还认为难以下咽的食物，因为当时他实在不习惯"西方的垃圾"。

盛儿现在的活动空间还不如家里的碗橱大。然而这些挫折，并没有使他和那些饱经风霜的同伴们准备好迎接下一段艰难的旅程——穿越加拿大 6400 公里的火车之旅。

很多中国劳工旅新兵因为加拿大的医疗条件太差而不得不被遣送回国，这并不奇怪，尽管现在来看不见得是坏事。盛儿曾有那么一刻希望自己也是其中之一，但他转念一想，无论如何自己也不愿再经历一次这样的海上航行了。所以这会儿，盛儿和其他幸存者完成了更加繁琐的体检，无精打采的队伍拖着沉重的步子，走向肮脏、蜿蜒的车厢，这看起来像是蒸汽时代最长的火车组合。

但是，让盛儿和他的同胞们感到奇怪的是，为什么每节车厢至少有四名全副武装的警卫，而且所有的门都被铁栅栏锁上，当最后几名中国劳工上车时，站台工作人员还会把他们狠狠地推进去？

"很多中国劳工旅新兵……不得不被遣送回国，这并不奇怪……"

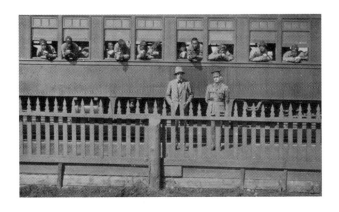

"……下一段艰难的旅程——穿越加拿大6400公里的火车之旅。"

＊＊＊

第二部分

杨的旅程：奔向法国北部的末班列车

火车驶进车站时发出的隆隆声，就像是在愤怒地干咳不止。虽然旅程还得继续，但是我和许多同胞们都觉得难以坚持了。

我们一直在月台上痛苦地挤在一起，因为之前的海上航行已经彻底使我们的热情荡然无存。

一位军官喊道："离火车远点儿，你们这帮无赖！"

"车停以后，下了命令，才能走。"一队看守的士兵推着我们远离轨道。

"啊，让我们歇歇吧。"一个低沉沙哑的声音随口嘟囔了一句。

"要是能彻底好好歇歇，再来一碗虾米拌饭该多好啊！"

所有人都因这句话浮想联翩，我也一样，真希望我没听到，为了这人说的"虾米拌饭"，我真愿意付出任何代价，现在离一碗米饭能给人带来的简单快乐是何等遥远！我们开始拖着沉重的双脚，慢吞吞地向前移动，要一直走到指定车厢前的站台上。

这旅程真是漫长又艰苦。我意识到自己将面临冲破极限的考验，因为有太多人挣扎着挤进敞开的车厢门，远远多过这么狭窄的车厢所能容纳的人数。我蜷缩在长凳上，看着周围一张张或茫然或皱着眉的面孔，顿时陷入深重的幽闭恐惧之中。别人可能也有同样的感觉，但我实在管不了这么多了，因为自己身上无法控制地狂冒冷汗。终于，火车像复活的老恐龙一样慢慢驶离。我紧闭双眼，脸皱成一团，惊恐又紧张，强迫自己集中注意力去听火车富有节奏感的哐唧哐唧声，想象着所有机械部件如何结合在一起，在我们下面发出这疯狂的声响。这能帮助我的大脑平静下来，缓解我愈加紧张的情绪。

随着乏味的旅程继续进行，我开始在脑子里创作起诗歌。我一直对传统的英文诗情有独钟，以前就特喜欢听学校里传教士们朗诵。吉卜林[1]早期的一些作品特别吸引我，其他诗歌也会激发我想要尝试自己创作的热情。回想当时还能潦草地写一写，现在却没有纸笔可以用，只能在

---

[1]鲁德亚德·吉卜林（Rudyard Kipling，1865—1936），英国作家、诗人，1907年获得诺贝尔文学奖。

头脑中构思和储存，聊以慰藉。这种思考能让火车好几个小时连续不断的咔嚓声响不再吸引我的注意，实在是一件幸事。虽说我的诗通常都充满了浪漫主义情感，但如今也越来越大胆地运用讽喻文风，这些看守的士兵无疑成了我报复的对象。

当得知我们这些人还算走运时，我本该感到欣慰，估计盛儿正和成百上千人一起行军穿越加拿大前往法国。老天保佑他！真是人间地狱，连我这样被算作是强壮一些的，打从一开始都觉得难以承受。然而，即使身处这种让人的自我消失殆尽的环境中，心里依然无法摆脱父亲的背叛所带来的阴影，漫长的煎熬更加剧了这种感受，我已经变成了充满愤怒的年轻人，正在被怨恨吞噬，对一切事物的态度都像受了刺激。从小到大我都相信，家里的生意会有真正的前途，但结果却是用我的前途换的！难道不是吗？面对连能否生存下去都不确定的未来，突然发现自己最好的机会就是靠已经拥有的技能和本领，在其他"志愿者"中脱颖而出。但我首先需要恢复镇静，睁开眼睛，尽力让自己显得正常、平和。

"只是让他们当奴隶，看他们那副德性，还以为自己要去送死呢，"我听到一个士兵尖刻地对另一个人说道，"我这辈子都没见过这么丑的乡巴佬。"从英国人那里听见的越多，我就越恐慌，因为从我们车厢的几个看守士兵所说的话中得知，也许最后能活下去的人并不多。我现在才惊恐地意识到，在之前穿越海洋的最后一段航程中，也就是靠近法国南部的马赛港，那里水下到处都潜藏着德国U型潜艇，像饥饿的鲨鱼一样等着将我们击沉。幸好大家对这潜在的危险一无所知，要不肯定会出现骚乱的。

我决心好好保护自己，并再次想起了母亲，幸好她顶住压力，没有屈从父亲对西式教育的顽固偏见，我才能流利地运用西方语言。现在真是派上用场了，可以听懂那些离我不远的英国士兵们说话。曾经我的英语成绩算是班里最好的，发音也标准。后来父亲发现我能保持工作和学业之间的平衡，也就不再阻挠我求学的脚步。现在有充足的时间回忆我的工作，依然骄傲地记得自己是怎样在公司里晋升的，因为母亲的影响，才得以有两名最优秀的机械师傅教我做每一件事，并对我严格要求，这些宝贵的财富一定会帮上大忙的。

还没等我在回忆中沉浸太久，车厢里突发的暴力事件就把我拉回现实，原来是几个人在撕打中摔下座位。这立刻让我想到正在穿越加拿大的盛儿，虽然在港口的时候谣言四起，但凭着对英文的掌握，我从征兵官员那里听到很多关于当前恐怖形势的议论，他们嘟嘟囔囔地说，那些来往加拿大的护航船队，即使运送的主要是来自中国的劳工，也依然处处面临着德军潜艇的威胁。我真为盛儿担心，总觉得他可能就在那边，就算我以前在山东的阅历再丰富，也没法准备好面对现在的一切。虽然我知道情况可能还会更糟，但现在什么都做不了。实在不愿相信无意中听到的这一切，盛儿在那边遇到的危险，估计我们在之前最后一段海上的航行中也差点遇上。

车厢里的人我一个也不认识，有的人看上去特别无助，现在的气氛很难说是否会突然引发一场盲目的暴动，许多骂骂咧咧的声音出现了，特别是当火车摇晃得很厉害时，大家如同笼中困兽一般。我们所在的车厢比较靠近车头，所以刹车时车轮发出的声音更是刺耳。污浊的蒸汽把窗户都熏黑了，阳光透不进来，因此我们已经垂头丧气的脸看起来更加阴沉。大多数人陷入了麻木、面无表情的恍惚状态。真如同地狱一般。我们仅仅是商品，是英国的货物而已。

还好我靠着窗户，只要用胳膊擦去凝结的浓霜，就可以透过玻璃上滑落的煤污，勉强看到外面。对我来说这算不错的消遣，可以让思绪暂时远离当前的困境。板凳上拥挤的人群不断用胳膊肘把我推向窗户，好在玻璃的寒气让我的脸颊凉快下来。

如果我真被看作是鹤立鸡群者，那就应该尽快做好准备，只要一到法国，就得更加积极。在征兵站的表现，也许为我争取到了这趟稍微轻松一点的路线，但如果想要避免被折磨到完全疯掉，还得加把劲给自己赢得更好的特权。当前我需要努力运用最近养成的新习惯，让大脑有意识地去想那些能分散注意力的事情。我不停地琢磨这火车是如何制造的，它发出的所有声响也在揭示着其中的机械原理。想象着可能涉及到的每个部件，我的思维可以被占据好长一段时间，所以这个用以对抗心中脆弱瞬间的办法，如同发明出来的一种能够治愈痛苦家庭回忆的生存咒语。

"杨，"我父亲会用他的至理名言教导说，"如果你弄懂引擎的工作原理，当它出故障时，你就能知道该如何修理……总会有人愿意花钱请你去把它们搞好。"

但我根本无法忍受再次想起父亲，所以当这些记忆涌入脑海嘲笑我的那一刻，我就设法再把它们抹去。曾经跟父亲学过很多东西，但也是因为他，我被抛弃流落到这里，所以我打算尽量克制自己，不给他留出任何宝贵的思维空间。我觉得自己再也不会做他的儿子了。

　　　　　* * *

　　有一段时间，我总觉得我们车厢的后面似乎越来越不安静，身边的人们似乎也察觉到了，我无法回过头去看个究竟，但那种暴躁的氛围把我从沉思状态中拉了回来。仔细听着，像是有很多人在痛苦地呻吟着，越来越激动，抱怨条件太恶劣以及自己被欺骗，等等。有些人对他们表示认同，而另一些人则试图让他们闭嘴，觉得他们太幼稚太天真。紧张的气氛在升级，所以我迫使自己保持警惕。

　　随后冲突果然彻底爆发了，先是扭打起来，接着就成了殊死搏斗。我们这边的人努力站起来，急切地想看看发生了什么，我也被挤得站了起来。幸好只是一两个在车厢另一头的家伙，而其他人只是大声吵闹而已。我发现这情形可能对自己有好处，于是抓住机会，从身旁拥挤的人群中挣脱出来，我的移动引起议论纷纷，但我没有解释，径直走到骚动的地方。没想到自己会有胆量，也没想到自己能把一群疯子强行叫停，但确实管用，我责备的言辞加上一些恰到好处的话，就奏效了。

　　"你们这些蠢货，谁不讨厌这儿？但你们像狗一样打架，大家都得被臭揍一顿。"我说话时嘴里发出了喉音[1]。几个壮实的人也自愿出来帮忙，还没等英国兵介入，就把闹事的人推回到座位上。果然是千钧一发，一名英国兵放下了他的步枪，看起来很不安很慌乱。我回到座位，一场危机得以避免，骚乱平息下来。后来，我不仅看到一名英国士兵记下了我的劳工号码，还得到了一两个同伴的称赞。

然而，这没有休止的无情旅程并没有中断，充满仇恨和煽动性的窃窃私语在其中继续发酵。我却闭着眼睛，尽量让自己多休息。

我又陷入沉思，那些抱怨也许是对的，之前告诉我们的可能都是谎话，我们却蒙在鼓里。但无论到达法国以后将面临怎样的命运，我都越来越有信心避免最恶劣的遭遇。周围大多数人都开始后悔自己当初为什么离开家来受折磨，但现在已经太晚了。是的，他们大多数人甚至从没离开过山东，所以兴奋地报了名。很明显，许多人被选中是因为身体条件过硬，但现在他们并没有准备好迎接未知

---

[1]喉音，是指发音时喉部过于紧张发出的声音，它使语言带有令人不舒服的沉闷挤压感，给人一种颇有阅历的沧桑感。

强度的劳工职责。山东男人比中国其他大部分地区的男人个头更高，适应能力更强，我敢肯定，正是因为这个原因，西方的招兵点才被设立在我们省。这些新征入伍的劳工大多是目不识丁的农民，对宣传无动于衷，也根本不了解每个家庭被灌输应征去残酷的欧洲战场的背后有什么政治动机。可以看得出来，他们现在都害怕极了，每张脸上都布满惊恐，最初的勇气和迎接挑战的决心早已被耗尽。

讽刺的是，恐惧本身正是催逼人们前进的首要因素。我知道国内的大人物们对日本的霸权都有一种强烈的反感，几十年来，这个可恶的邻居一直对中国充满敌意，这让大多数有思想的国人都觉得受到藐视和威胁。日本跟中国的国土面积相比，如同月球和地球，但我们竟然被迫屈服于他们，因此我们就在这样的一种羞耻感中长大。英国显然也把德国视为强大的敌人，但对我们来说，日本更是一股势不可挡的黑暗力量，我们迟早要"像个男人一样"面对它。正是这种爱国主义情绪，带动起一场为了展现实力与获得认可的戏剧性运动，并且首先在对我们这群劳工的派遣上得到了体现。

是的，完全都是出于政治目的，以我所受的教育和在传教士那里的见闻，我非常确定这一点。要不是被卷入其中，我永远也不会参与进来。我本来并不关心我们这个国家根深蒂固的复杂情绪，也不是特别在意政府为了在世界上获得同样的发展与声望，而不得不下定决心学习西方的科技和生活方式。现在像沙丁鱼罐头一样挤在这里，更显得这些想法如同纸上谈兵。我唯一的路就是保持清醒，安然度过这场磨难。

随后，如同被一记重锤敲了一下，我突然意识到，自己都不知道法国是什么样的，更别提这场已经打了两年的战争给这个国家和它的人民带来什么影响了。这么多人怎么会愚蠢到前往一个我们完全不了解的地方呢？我知道肯定会遇到一些困难，但很难想象那会是什么。我们在国内得知的点滴情况，都被彻底屏蔽了。将来旅程结束后，能有多少人还有体力，甚至还有一个好的精神状态来面对未来？

我不抱任何期待，这些人中的大多数都注定是"奴隶"，不管他们愿不愿意，最终仍是要做艰苦的劳工，即使他们被选中走这条稍好一些的线路。英国佬现在还比较克制，但将来肯定会以暴政为主要领导手段。父亲把我当奴隶卖掉，但我绝不能让自己像奴隶一样生活！

据说，协约国对中国的需要，远远超过他们愿意承认的程度。既然现在已经和我们签约，让我们去服役，那其实就很明显了。虽然以前就知道协约国损失惨重，但尤其是英国，一直都拒绝向中国求助，所以我们还以为情况没那么糟糕，谁也不知道他们为什么这么不情愿请中国加入。我们依然被人看不起，我个人也不希望被人欺负。可恨的是，他们甚至因为对我们的需要而感到羞耻，无论是他们的媒体还是这些英国兵自己，除了贬低我们对战争的作用之外，什么也不会做。可以肯定的是，未来一定还会发生很多歧视性事件，但我必须避免这种事发生在自己身上。

* * *

最终，随着最后一次刹车发出的刺耳声响，疲惫不堪的列车呻吟着停了下来。这旅程好像已经持续了一年。火车老旧的引擎哐当哐当的声响，依然回荡在我耳边，它喷出的蒸汽也像辛苦劳作的人终于松了口气一样。我们已经抵达法国北部了。

我们像精疲力尽的动物一样，一瘸一拐地走出车厢，有人在大声咳嗽，还有许多人把痰吐在站台上。我虽然貌似毫发无损，但也感受到这场磨难带来的沉重打击。有一两个家伙吐了，幸好是在车厢外，我们看到这情景，不得不咽下几乎也要从喉咙里冒出来的胆汁，太多人因为生病已经走不稳了，我勉强坚持着。就在这时，一名长相可怖的警官从车站远处朝我们大喊起来。所有人都被赶进了熟悉的、脏兮兮的队伍里，要迎接下一个必须面对、却不会有什么好结果的痛苦经历。看起来还要进行一轮体检。

第六章

到　达

　　果然，目的地法国以更加混乱的体检对我们表示"欢迎"。请注意，第一件事就是带我们这些经过长途跋涉、看起来衣冠不整的大批劳工去体检，或许是明智的举措。

　　几名中国医务人员已经被招来安抚刚刚抵达的劳工旅，这应该是有用的，但没人向我们解释为什么总要检查眼睛，还往里面滴某种冰凉的药水，不知道这是要干什么。

　　当傲慢无礼的军官发号施令，用粗暴的普通话冲击着人们的耳膜时，我注意到队伍前面的两名高级军官，我们车厢的一个士兵正朝他们走去，然后他们一起检查每个劳工的号码。排在我前面垂头丧气的人一个个地从他们身边经过，他们并没有太大兴趣，直到看到我的号码时，发觉我穿得明显比其他人更精神。原来他们一直在找我。其中一位军官把我带到一边，让我上了一辆敞篷的运输卡车，有两个我并不认识的劳工已经坐在那里了。这辆车看起来很精干，让我觉得自己很特别。这应该是个好消息，虽然大多数情况下，被单独挑出来可能都会让人害怕，我肯定是在茫茫人海中被选出来了。看来，我在这趟恐怖的旅途中，为了能脱颖而出所做的努力确实有了回报。

　　跟之前被称作"火车"的货运车厢相比，能坐上这辆宽敞点儿的车真是一种解脱，可以伸开腿，呼吸吹拂在脸上的新鲜空气。大家都没怎么说话，所以能清楚地听到坐在前面两位军官的声音。从他们的话中得知，我们算是被选出来的"精英"劳工，这个称呼是很恰当的。与之前的旅途相比，这段路程很短，看到"埃丹镇[1]"的标志，估计已经离这个小镇很近了。前面已有队伍先到了，他们在一个很大的像是马场的地方下了车。我们接着路过一个小村庄的路牌，上面写着"布维尼 - 布瓦耶夫勒村[2]"，我们在一个相当大的营地停了车，看到不少帐篷、营房。我想，这就是法国了！刚才一幢幢相对完好的乡村房屋飞驰而过时，虽然眼前一个人也没有，我已经相当兴

---

　　[1] 埃丹镇（Hesdin）是位于法国北部加来海峡省的一个市镇。

　　[2] 布维尼－布瓦耶夫勒（Bouvigny-Boyeffles）是法国北部加来海峡省的一个村庄。

"……但没人向我们解释为什么总要检查眼睛，还往里面滴某种冰凉的药水……"

"我注意到队伍前面的两名高级军官⋯⋯⋯⋯检查每个劳工的号码⋯⋯原来他们一直在找我。"

"这辆车看起来很神气，让我觉得自己很特别。"

奋了，即使听到偶尔的几声枪响，我仍感到很安全，所以心态也还算乐观，也许在这儿的日子不会那么糟糕。还没等我反应过来，我和其他的中国劳工已经分开了，被带到一个单独的远离其他帐篷的指挥营里，站在一个军官面前。我们之间的谈话，如果可以这样说，是试探性地开始的，对面坐着的那个严肃的人，显然并不指望我能听懂。

他首先开口，故意吐字非常清晰地说："你现在来到法国，我是你的指挥官里德中校，但你可以直接称呼我'长官'。你能听懂吗？"太可笑了，我其实可以把这看作是侮辱和冒犯，但我仍自信地回答，并向他鞠躬致敬。

"谢谢长官，但您对我有哪些职责要求呢？我很乐意尽我所能。"我流利而自信地回答道，这就让他明白自己正像个傻瓜一样对我说话。他对我点了点头，但并没有回答我。

我试图克制，但当我流利的英语让他感到惊讶时，一丝微笑还是忍不住溜出我的嘴角。现在他终于知道，我很清楚自己在哪儿，能听懂他们的语言，并且心态也很积极，他对我的态度也因此改变了。

让我满意的是，指挥官这么吃了一惊之后就不再居高临下地讲话了。他肯定是因为看不起我们中国劳工，所以也就指望我嘴里蹦出几个洋泾浜单词而已。听到我清晰的回答，他明显放松下来，我甚至还发现有一丝同情让他原本令人生畏的脸柔软下来，如果他曾怀疑过关于我的报告，那现在似乎已经彻底相信了。

"你会有很多事情做的，这个不用担心。"他看起来已经放心了，隐藏在他修剪整齐的胡子后面的上唇几乎完全不动，继续说道，"但首先，最重要的是，我需要你来做翻译，这样就能让这群暴徒有秩序，还要把他们分成几组。"

指挥官轻描淡写地解释说，协约国最近几周很倒霉，损失不小，需要紧急调派训练有素的战壕组，去修理通讯壕中的受损通道。据我所知，它们是把伤员从前线运回来的重要通道，也是给前线运送补给和弹药的动脉。

我还没来得及回答，里德中校又开口说："你要负责这个区域内的所有中文信件，收进来的和寄出去的都包括，明白吗？"

我再一次鞠躬致敬，想知道他会对此作何反应。他现在已经完全不把我当远方来的外国人了，顾不上喘口气，喋喋不休地继续说，"只允许劳工每月往家里寄两封信，我们可不希望有任何敏感信息泄露出去，也不想让他们的家人以为来这儿能有多大的荣耀。你要把从这儿寄出的所有信件都翻译给我，我得随时了解这群无赖是否给家里写了什么秘密。"

就在我以为他说完了，刚要再次鞠躬转身离开时，指挥官更严厉地加了一句："你别再这么荒唐可笑地按中国习惯鞠躬了，从现在开始，要像这样敬礼。"他突然生硬地演示了一番。我刚好停下正要开始的鞠躬动作，顺势点了点头，然后敬个礼。里德中校不耐烦地哼了一声表示赞许，然后声音坚定地提醒我注意自己的职责，他站起来继续说道："至于你的主要职责……我听说你在中国学过一些机械方面的技能，对吗？"没有比猝不及防的问题来得更让人尴尬了。

我很惊讶地发现里德中校其实个头很矮，但我没有表现出来，他站起来我才发现，那高高的椅子和洪亮的嗓音给了我完全相反的错觉。

我仍在尽最大努力给他留下好印象，告诉他我的背景，以及我在父亲的工厂上班的那段时间里，确实没有多少机器是我没遇到过、没修理过或是没更换过的。里德中校看起来很不屑，或者至少是故意装作一副轻蔑的样子，但他肯定已经从征兵中士那里知道了我所说的，因为我看到他问我话时，瞥了一眼桌子上的笔记。

"听着，我知道你签的是劳工合同，但从现在开始，我会给你更重要的职责，只要你能证明自己的价值，就能得到更好的待遇。你最好别让我失望。"

他终于像是对我说完了,大声命令一位军官把我带走,领我去一个坦克库。路上,有人告诉我,那里是指挥官最重要的战略坦克基地。我想这应该算是我的荣幸。

那是个令人印象深刻的临时坦克库,无论从四面八方望去还是从空中俯瞰,都被伪装得严严实实。我被推进去,里面让人大为震撼,以前从没见过坦克,现在彻底被这些庞大机器的宏伟规模迷住了。虽然丑得要命,但多么威风啊,看起来它们好像一出发就得停下来休息一样。我明白为什么它们被称为"坦克[1]"了。我马上意识到,自己可以稍微吹嘘一下,因为认出了我家工厂里也有许多类似的机械部件,我的脑子在飞速转动,好像长了翅膀一样,

---

[1]坦克,是英语"tank"的音译,tank 原意为"大水柜",因为制造战车是在极机密的情况下进行的,而且最初是因当时参与建造的工人误以为他们在建造军舰装淡水的大水柜(即"tank")。而英国军方为了在1915 年首次使用坦克作战之前对外保密,他们在送往战场的战车贴上"tank"的字样,并对外宣称是它们是盛载水和食物的容器,该名称便一直沿用至今。

琢磨着里面的原理，但愿它内部是一些足够基础的东西。这可能才是我真正能出类拔萃的机会。

我开始明白，这里一定会有很严重的人员伤亡，远远超过大家愿意承认的数目，而且肯定不仅仅是来自前线的伤亡。

因为很明显，由于人员损失巨大，所以才缺少机械师（也有可能是他们人都在里面，我没看到）。但这儿怎么会有人员损失呢？这儿离战壕也太远了。先不管了，我知道我得证明自己的价值，临别时，陪我来的军官和仓库里的一个主要人物的谈话更加让我清楚了这一点。他们看起来并没意识到我能听懂他们说的每个字，或许他们也根本不在乎。

"这个中国佬自以为懂机械，所以得赶紧考考他。让他做一做最基本的零件工作，过几天向我汇报。明白吗？"

坦克库的军官立刻敬礼回应："是，长官！"我这才知道该如何对命令做出回应，是简短、严肃地应答，绝对没有鞠躬。我下定决心摆脱根深蒂固的表达服从的中式习惯，想要尽我所能融入新的环境。我也并不知道该如何每天既做翻译又参与坦克工作，他们当然是两边都要我参与。

跟在这位军官后面，我没有完全听懂他在路上跟其他英国兵说的话，好像是他特别高兴能派来一个能翻译得"倍儿棒"的"眯缝眼"，这样他以后就不用像个傻瓜一样尝试用蹩脚的中文和人交流了。他们不知道，其实他们根本不会有这种机会，显然那些目不识丁的农村劳工，大多只会说自己的家乡话，我在盛儿的家人和朋友那里，才熟悉了他们的方言。

就这样，我开始安顿下来了，没有住在中国劳工所在的隔离营房，而是跟其他的劳工翻译们合住在另一个还不错的地方。我越来越确信，用不了多久，就可以同时展示我流利的外语以及机械技能了。看其他劳工挤在棚子里一排排的铺位上，我的住处确实很豪华，只有大概二十张单人床，而非大通铺，真是舒适极了。甚至还有一些乐器和其他私人物品吊在屋顶的梁上。即使我现在正处在受到精神伤害的光景下，也不得不承认这儿真是相当不错了。但另一方面，是这个精英团队和我一起被选出来得到这样的升级待遇。

可我必须提一句，谁也不知道吃饭的时候那些随便倒在我们碗里的是什么东西，也没人指望能知道里面有什么，反正味道吃起来很恶心。大家根本没料到欧洲食物和中国饭菜竟如此不同。靠这么可怕的补给，谁能活着熬过战争呢？

有个人正要努力吞下第二口黏糊糊的食物时说道：

"在中国都没有人会拿这个喂家里的牲口。"我们必须维持强健的体力，所以大家还是忍着吃了下去，但是只要有几百个劳工同时大声抱怨这些食物，我就总会担心事态可能再次失控。之前，为了防止总是闹事的那些人四处闲逛，就把他们从劳工里分了出来，让他们住进隔离住所，比英国兵那些装饰华丽的营房差太多了，所以抱怨的声音才会越来越大。

* * *

我被要求到指挥官的帐篷里做第一份报告。里德中校没在，面前是一位身材高大、看起来更凶恶的英国军官，颧骨高得惊人，面部棱角分明。我抬头看他，他脸上没有一丝仁慈的痕迹。这位高高在上的军官开始盘问我，他当然是想知道营地里是否有人不安分。我告诉他我的担心，以及我听到的很多抗议，这些抗议可能很快就会进一步恶化。军官发出不满的啧啧声，不停地摇头，但就在我以为他马上要把我的话抛在脑后时，一声震耳欲聋的爆炸声响彻我们帐篷的上空，我俩都被掀翻在地，弹片和碎屑落在屋顶上。

"该死的！这帮混蛋！我们可能被袭击了！"军官咆

"我……没有住在中国劳工所在的隔离营房……"

"……我的住处确实很豪华……甚至还有一些乐器……吊在屋顶的梁上。"

哮着站起来，气得要死，满身是灰，但他还是冷静下来。

我吓坏了，浑身发抖，万万没想到，我才刚来没多久就遇上了敌人的攻击。

我们赶紧冲出帐篷，看到不远处一些外围建筑直接被击中，一大群中国劳工都在那边，有两个人受了重伤被抬走，还有一个人因为伤势过重当场死亡，四肢都被炸开了。我吓得几乎瘫倒，但内心的愤怒让我清醒过来，义愤填膺。

"到底发生了什么？"我过了好久，才结结巴巴地用英文说，"怎么会这样？"我嘴里差点蹦出一连串中文，但还是意识到了所以没说出来。

所有中国劳工都赶忙加入在残骸中搜寻幸存者的任务，根本无暇再顾及什么劳工起义。

我注意到有一两个军官看起来很惊慌，因为这时又有一群中国劳工怒气冲冲地跑来，想知道发生了什么事情。在他们得知损失了不少劳工以后，一场暴乱看似即将发生，英国佬也明显地紧张起来。我们的同胞确实有充分的理由感到愤怒。

我迅速抓住时机，想赶紧控制住局势，大声喊着让大家保持冷静。看着劳工们愤怒的脸，我解释说这次袭击的目标是附近的马场，根本不是咱们这些工人，我向他们保证，这只是因为可怕的坏运气。其实我可能真的说对了，

"……面前是一位身材高大、看起来更凶恶的英国军官……"

但找的借口是急中生智的一瞬间想出来的，因为看到过骑兵把马赶到了有一段距离的地方，也听到过英国人说尽量让这些动物远离零星的轰炸。看来马明显比我们重要啊！

原来这才是事实。那些曾让很多中国人都在旅途中害怕过的谎言如今都真相大白了。非战斗劳工？见鬼去吧！我们跟这里的每个人一样，也都时刻面临着受伤甚至死亡的威胁，现在没人否认这一点了，我们已经深陷残酷的现实之中，再也不会有什么谎言能欺骗我们了。虽然现实很无情，但至少我们知道了真相。从各方面来讲，这都是一场火的洗礼。

* * *

我参与的下一次面谈是被叫到里德中校那里，他的指挥帐篷里只有我们两个人。我本以为他会谈到最近的袭击以及我们一名同胞死亡的事，但他却只字未提，而且，他既没有说任何关于伤员的事，也没有提及我为了让中国劳工们平静下来所做的努力，也没有说到关于组织后续清理的工作。他知道英、法两国正在苦苦挣扎，是我们中国劳工的加入才帮助他们有了巨大的改变，释放了他们大量的人力能够去前线服务。所以我冒着风险，用图表的方式报告了我看到的几名劳工是如何克服心理障碍运送伤亡人员的，我们比这里的任何人都要坚强得多，值得受到嘉奖，我们承担了所有最低级的苦差事，也很少逃避那些最艰难的责任。我没有解释在中国习俗中对于处理死者的忌讳，即使身亡的是我们自己人。我不能容忍他对这一切保持沉默，我应该为同胞们说话。即便如此，他只是简单地让了步，说："该死的袭击，实在太可怕了，坦白讲，我们很幸运逃过一劫，只有一人死亡。"这就是里德中校冷酷无情的评价。更糟糕的是，他最后说道："感谢上帝，我们的部队没有损失一兵一卒。"

这就是我要面对的情况。我了解这个指挥官，但有一次他竟严厉指责了他手下的英国兵，而不是我们中国劳工，他还问我是否有什么能做的事以安抚一下中国劳工，这种迟来的、软弱无力的同情让我吃惊，后来我马上意识到，这是由于他害怕劳工造反，所以我立即抓住机会，要求改善劳工的住宿条件和伙食。如果我能好好利用里德中校的弱点，或许就能找到一些筹码。

我的直言不讳，确实在一开始起到了作用。很快劳工的伙食中就出现了一些米饭和其他更可口的食物，但这些改善没能持续太长时间。其实，只要我们不闹事，英国人就还有其他更重要的事要做。我们已经完全明白战争的恐怖现实了。他们当然可以随心所欲地称我们为"非战斗人员"，但现在谁都明白这只是个玩笑。我在心里又开始咒骂英国人，我们跟前线作战部队没什么不同，在这场战争中，都一样面临着各种可能性，从某些角度来看我们遭受得更甚，但我不知道，别人也会这么想吗？

* * *

和前面一样，又有一次袭击，完全出乎意料：就在轰炸发生的几周后，我们后勤补给站的一个军需品仓库又被敌军直接击中，它就在敌军炮弹的射程内，但好在这次没有一个中国劳工在这片区域。爆炸和飞出的弹片却使一帮英国机械师伤亡惨重，仓库里没剩几个熟练技工了。

受到最大威胁的是新的坦克炮弹，它们是出了名的不稳定，一次最轻微的撞击，都可能会引爆并触发其他堆积如山的炮弹。

现场实在是糟糕透了，比刚才的爆炸还要令人揪心。这一区域的所有消防兵都被叫来，虽然他们要尽最大努力控制火势，但烈焰已经完全超出了大家的能力控制范围。警报声在耳边不断咆哮，使疯狂的人群更加陷入混乱。我永远不会忘记消防兵们从现场拖着沉重的脚步走出来时，脸上那种惊恐的表情，他们像疯子一样嚎叫着，说他们的人被撕碎了、烧伤了，在痛苦中挣扎，没有生还的希望。中国劳工和英国兵再次处于平等地位，一起搬运尸体、清理残骸。虽然面对恐惧，但是我们有坚定不移的决心，为着职责，哪怕牺牲了骨子里的传统观念。

从那天起，一切都变了。最大的坦克库已满目疮痍。机会来了，于是我决定采取主动，直接找到里德中校，想迫使他让我来做仓库领头。我冒了很大的风险，这是绝对的冒失行为，但我很确定，他在内心深处已经对我产生了真正的尊重，当他看到坦克库的人力如此捉襟见肘时，一定很无助，所以应该对我的提议感到自豪和高兴。看到里德中校面对这次令他损失惨重的袭击时是如此的绝望和束手无策，我就更有勇气跨出这一步。

我感受到里德中校的疑惑，就更积极地争取，说："长官，如果您能派十几个懂机械技术的中国劳工从战壕那边过来，我就可以带着他们，而且他们需要从战场上下来休息休息，长官，这非常必要。他们完全能胜任这里的技术工作，我可以搞定，一定会让坦克都运转起来的。"

当这些要求从嘴里脱口而出时，我自己都吓了一跳，但出乎意料的是，他点头同意了，虽然有点被动。我简直不敢相信！

后来我得知自己被任命为中国劳工旅特别小组的负责人，要在紧急情况时到主坦克库里工作。但是，尽管在跟英军指挥官的斗争中取得了重大胜利，我还是遇到了让我自信心受挫的事情。现在必须要兑现承诺了，得尽快找到有技术基础的人，不能耽误。我能行吗？凭我对这些坦克的了解，我知道，虽然它们并不复杂，但跟我们在家乡操作过的农用机械比，都相去甚远。一开始我大包大揽立下承诺，现在却开始怀疑自己，到底我们劳工里有多少人有技术或有决心，渴望加入我们这个特别小组呢？很难说。我强迫自己冷静下来，决定要尽全力把这件事做成。我必须如此。这实在是个绝佳的机会，一定不能让它从我手中溜走。

慢慢地，在指挥官的支持下，我成功拨出了足够的合适人选，并使他们退出了战壕组。许多人都有压力，但当我详细询问了他们在家乡的工作后，就很有信心说服他们。他们虽然要离开自己身边的同伴，但当得知要加入坦克部队时非常高兴，这下我也放心了。只是这在那些依然留守战壕组的人中间引发了不小的波澜。怎么就非要选那几个人？以为自己是谁，能决定他们的命运？

然而，结果比我希望的还要好。仓库的几位领导看到我管理起这些中国劳工，总算放心了。他们一直认为这些劳工不过是一群挖沟的乌合之众，完全无法交流，也不能让人放心地执行命令，而且当他们不情愿按照这些劳工想要的条件进行改善时，这群劳工可能还要罢工。棘手的选拔工作完成后，我立刻把同胞们重新组织在一起，好把整个仓库管理起来。我们一共有大约二十五个人，其中几位还是能工巧匠。究竟为什么我之前会没了自信，以为劳工们都会拒绝这样一个能逃避挖战壕之苦的机会呢？他们只是需要被说服、被激励。这几个被选出来的劳工还曾因为自己的能力派不上用场而沮丧，所以在之前那种日复一日不需要动脑的劳动中，他们的脾气实在是反复无常。对我来说现在是最好的时机，他们很佩服我，因为我给了他们有意义的、能发挥自己价值的工作，也让他们摆脱了在前线挖战壕时要面临的可怕危险。

我对新同志们喊道："这就是我们在国外的家了。咱们这些'眯缝眼'就算不在家乡，每天也都可以听到山东话。"大家爆发出一阵笑声。我们这个小团队很精干，大家已经在挖战壕上表现得非常出色，那么在坦克机械方面，我们的工作效率和决心也一定能超过其他任何英国人的团队。我们的人非常敬业，无所畏惧。

如今，我在一起工作的中国劳工中间，以及在英国军官和里德中校那里，都有了一席之地，未来看上去很光明。

但"虚伪"却已经成为我生活的一部分，我真可以算得上是"两面派"了，如同在两个对立派别中的双料间谍一样。在坦克仓库这边，除了伙食和生活条件再次下降，以及一两个无知英国人一成不变的歧视性侮辱以外，总体的气氛还算稳定。打架事件并不多见，但只要我们的人不占上风，周围又有英国领导在场，我就会在他们面前展现控制局面和制服闹事者的能力，就像个专业演员一样。一旦把干蠢事的家伙叫停，我就假装吃惊地转向旁边的军官，好像才发现他站在那里一样。

"这帮捣蛋分子！长官，对他们这群人不用客气。我就是告诉他们，如果不守规矩，就不会有好果子吃。"

军官的反应很高兴，我知道我的"目的"达到了，不会从他那里传出什么消极的评价，因为我知道我们这边的中国劳工没有人懂英语。其实这差事是要冒风险的，既要服从上司，又要在劳工队伍中维持纪律以平息其中的纷争与骚动。我得保持双方的信任，赢得每个人的尊重。不知道我还能这样坚持多久，也不知道命运会眷顾我到何时，帮助我一直能藏在这骗人的剧本背后。

在信件审查上，我也像分裂成两派一样。每个月虽然只能给家里寄两封信，但我看到几乎每封信的每段话，都在嘲笑英国人对我们的歧视，也在抱怨我们所处的恶劣环境。由于劳工中的文盲率很高，所以好多这样的信还都是我帮大家代笔的。很多中国劳工从来都不知道，因为我的保护，他们大多数的咒骂和抗议才没有传到英国人的耳中。对那些能勉强看懂某些词义拼凑出整封信件含义的人，我必须更圆滑一些。有一次，我得在一大堆信件中当场选出一些需要拦截的。负责此事的军官对我的工作进行了抽查，要求我告诉他这些信中有哪些话冒犯了他们，一旦告诉他，他就会把这些信全部销毁，也会多给我加分。

英国人的确很多疑。但其实我也一样。且不说对英国会有什么影响，假设这些能激起众怒的抱怨被泄露出去，国内的政府确切知道了我们受的苦，我的性命又能值多少钱呢？如果大家互相指责，我之前的"掩护"就会暴露，我也将因为滥用审查职权而受到谴责。当然，应该来点儿严厉的批评好搞垮英国。在全法国的中国劳工旅里，我是为数不多读过我们签的劳工合同条款的几个人之一，也对我们劳工因英国人违约而遭受痛苦有第一手的了解。但现在我已经开始软下来了，因为我真真正正、完完全全地沉浸在这场战争的恐怖之中。是的，英国人在很多方面都违反了合同条款，但这是一场战争，应该由别人在战争结束后来进行评判，而不是由我。

无论如何，我不得不照顾好自己。我做的已经让上司们足够满意了，带领我们团队的劳工，保障他们的技术能达到坦克库要求的标准。一切都还进展顺利。

在一次例行报告会上，里德中校问我："大家士气如何？仓库里没什么不好的事要报告吧？"我向他保证一切都好，我假装谦虚地评价我们是最好的维修养护团队。他没有否认，但我也从来没得到过真正的奖赏，他只是让我继续按我的想法去做。我认为这应该就是最好的认可了吧。反正我也只能做到这个地步了。

"他们虽然在压力下常常抱怨，也会觉得日子不好过，但您别误会我，长官，离开战壕还是让他们松了口气，我也相信我能控制住局面。我常提醒他们形势很艰难，如果他们不守规矩，还会变得更糟。"

这确实是真的，但我已经学会该如何措辞以安抚上司们的担忧。听着自己对这些麻木不仁的军官献殷勤，有时也真让我感到恶心，但只要这样做能帮助我维持好现状，就不得不继续如此。

* * *

我很清楚，如果敌人查到了坦克库的位置和里面的装备，那它可是个非常有价值的目标。现在每个人都知道，即使我们从主战场退下来也不会有太大不同，随便一个偶然的空袭，都完全有可能击中仓库。这是迟早要发生的。我的策略是不断提醒我们团队，敌人的目标是马，所以动物才应该担心。

只要能用中式幽默逗我团队里的小伙子们笑，又能以精心设计的顺从让英国人放心，我就算是做得足够好了。

事实上，我常想象自己在舞台上扮演着双面间谍的角色，尽可能多地偷听英国军官们的谈话，好随时掌握最新情况。其实我并没有那么聪明，也不需要拿杯子扣在墙上窃听，只是英国人似乎足够信任我，在我能听见的距离内，他们也依旧公开谈话。我很快发现，英国政府把坦克引入战争是冒着巨大的风险，相当于拿出了大部分家底。我都不知道它们是刚发明出来的新武器，而且一投入战场，就处于领先地位了。据说英国政府根本无法承担这张"王牌"的失败。这也能解释为什么经过如此简单的征召，就能把我们几个中国劳工放进坦克库团队，好弥补那里缺损的人力。坦克是绝不能有任何闪失的。不过我也清楚，我们并不能创造奇迹，而且，公平地讲，之前坦克库里所有伤亡的英国兵都受过专业的训练，但我们只是赶鸭子上架。不仅如此，这些机器需要更多坦克专家的专业维护，远远超过我们中国劳工所能做的。它们经常毫无准备地被开到战场，回来时又被打得遍体鳞伤。本来地形就险峻，再加上敌人强大的火力，就造成很大的损伤。每个部件都需要更换，有时是这个，有时是那个，但我们根本没有足够的时间也没有娴熟的技术来做这件事。最后也只能对他们做一些修修补补，好让它们再离开仓库时，面子上能过得去。这个我们擅长。

一旦这些大家伙出了什么问题，我都不敢想象英军司令部要承担的风险。我们"中国佬"已经成为坦克库里很重要的小组了，士气也很高涨。能加入这里，就已经证明了我们的价值，而且大家很快就学会如何让这些钢铁怪兽在短时间内恢复运转。我知道我的团队唯一可能发脾气的时候，就是情绪被挑动的时刻，当某个像恶霸一样的英国兵在维修站挑衅得太过分时，中国劳工就可能会上钩。某些英军官员对我们的偏见和歧视根深蒂固。这些挑事的人不肯善罢甘休，他们的报复心一天比一天强。

我逐渐明白为什么单单我们中国劳工会受到如此不公平的待遇，因为被分派过来管理中国劳工旅的军官，认为这是给自己降了级。有个负责劳工分遣队的军官就对这不受欢迎的任命很不屑，他不能在前线揍他的战友，这会使他们又恐惧又沮丧，因此就把仇恨转向了我们；他们也不敢在战场上欺凌任何一个外国士兵，因为其他非英国的士兵都享有被他们的国王、帝国、国家所保护的地位，投诉和报告流程都有章可循。当然，这其中也有嫉妒的因素，我们这群来自遥远国度的奇怪的外国"进口货"，水平越来越明显地超越了英国同行，这对他们好像侮辱一样。真是担心我们一两个敏感的机修工可能随时会暴发，都不用拿别的工具，用近处够到的扳手就能打死某个英国兵。

希望我脑袋后面长了眼睛。在我看来，发生严重事件只是时间问题。到时候能怎么办呢？

第七章

盛　儿

　　那绝对是我一生中最棒的一天。一次偶然的机会，在埃丹镇附近一个拥挤的咖啡馆里，我再次看到了盛儿！简直是个奇迹！我们这些中国劳工很少有机会能去看看法国人的日常生活，也很少有机会接触到外面的世界，所以当我在这个地方看到他时，简直不敢相信。我们俩之间挤满了匆忙穿梭的服务员。开始还以为我看错了，但我的直觉告诉自己，这就是盛儿。这只是本地一个普通的咖啡馆，里面嘈杂喧嚷的声音让人很难静下心来思考什么，更别提让人听到我们的声音了。我不可能让他也注意到我。

　　我高声喊着："盛儿！……在这儿！……是我，杨！"大家都回头看我。谢天谢地，盛儿也看到了。

　　没错，确实是盛儿！我们费了好大劲儿才挤到一起，还差点和爱管闲事的英国士兵和法国士兵打起来，他们只把我们当成挤来挤去的愚蠢的苦力，那些不干净的话满天飞，但我们都习惯了，我现在只想赶快到盛儿身边去。我俩精疲力尽地在人群中挣扎着，仿佛花了一辈子的时间，终于手拉到手，紧紧拥抱在一起。这实在是激动人心的重逢！真是难以置信地走运，一定是命中注定让我们还要见面。

"盛儿！见到你真是太高兴了！山东集训之后，你还好吗？都发生什么事了？"

我的问题一股脑儿地都冒出来，但除了最基本的问候，这里实在不是让人能好好聊天的合适地方，但我们坚持在这里继续聊下去，虽然有时还是会被吵嚷打断，因为这是一家最疯狂的咖啡馆。我们终于找到彼此了，也知道了该怎样继续保持联系，还用激烈的连珠炮式的语句向对方大致讲述了各自的经历。为了能在周围吵吵闹闹的声音中听到彼此，我们几乎是在互相喊着。

盛儿跟我再次见面时也是情绪特别激动，他肯定可以看出我也是一样的激动，但他不知道我的内心有多么难受，因为让人想起家乡和幸福的回忆，这使我备受打击，我很轻易地就崩溃了，一股不可抗拒的情绪瞬间涌出我的眼睛，但我还是尽力要控制住自己。

我们太兴奋、太激动了，虽然竭尽全力想把一切都告诉对方，但是要讲的内容太多，所以当我们知道了彼此所在的地点，就计划还要找时间再见，至少也要互通消息。

保持谨慎是有好处的，我每天都感恩自己的幸运，能够努力又小心地成功经营生存之策，好使自己得到这样的优等待遇，这并不容易，虽然已经有点怀疑自己的信念，但能熟练地摸透那些古怪的英国军官，他们总是恶待我们这些"眯缝眼"的"二流外国货"，我是何等的幸运，竟能逃脱他们的网罗，顺着那根滑滑的杆子爬到一个相当不错的位置。所以我才能获得一些特权，其中包括宝贵的自由时光，比如这次短休。我下定决心要继续努力。

就这样，依旧有精疲力尽的英军士兵被安排到坦克库里。我最近也从战壕组和其他劳工组又抽调了不少熟练的新组员，他们满怀热情地加入我日益壮大的团队中。还幸存的英国人早就丢失了所有的士气，因为他们的部队遭受了重创。里德中校几乎完全放手让我自由发挥，甚至不再费心核查我挑选的人是否真的适合坦克库的工作。

很高兴我们还能有一些休闲时刻放松精神，操练家乡的传统手艺。在中国劳工的营房里，有几个技术非常娴熟的人已经在他们的围墙内搞起了根雕，一开始这只是偶然想到做着玩儿的，但随着时间的推移，渐渐发展成营房的特色了。除了一些篆刻作品，还有个借着木纹的自然轮廓雕刻出来的一只大象头，简直惟妙惟肖，每次经过我都忍不住要欣赏一下，我为中国的传统手艺感到自豪。

我在咖啡馆里最开始向盛儿抛出的一连串问题，终于有了答案，尽管我们周围一片混乱，但还是从盛儿那里得知，他确实命中注定踏上了穿越加拿大和太平洋的危险航程，正如我所怀疑的那样，而且他差点失去性命。这简直让我伤心透了。后来我也很吃惊地得知他是被法国政府而不是英国军队接走的，我根本想不到还有这种可能性。当然，我们能意外相遇也是何等幸运！盛儿在比利时伊普尔[1]附近的波珀灵厄市[2]待了几周，后来被调到埃丹镇的一家工厂做些较轻松的工作。他们显然是发现了盛儿体质较弱，很多中国劳工也被转到其他更适合的地方。现在距离不是问题。我想要以后再多了解了解盛儿这些不同的经历，所以就把他告诉我的事情都牢记在心，等有机会还要问问他。

---

[1] 伊普尔（Ypres）位于比利时西部，在第一次世界大战期间，协约国军队同德军于 1914 年、1915 年和 1917 年在这里进行过三次战役。

[2] 波珀灵厄市（Poperinghe）位于比利时西弗兰德省，其历史可以追溯到中世纪，该地区以啤酒花和纺织花边闻名。

我知道盛儿不够精明，体力也不行，但他总算是安全到达，而且还从波珀灵厄辗转来到这里，真是消解了我心里最大的担忧。可能他会在他说的那家工厂里有所建树，因为他不上学以后，在自家的农场里练就了灵巧的手艺。

　　后来，我听说法国人对中国劳工的体能要求，远不如英国人要求得那么严格，所以盛儿能通过筛选。但让我特别沮丧的是，我根本不知道我们大多数人其实从一开始就可以选择参加法国军队，盛儿也证实了这一点。更让人痛心的是，我发现，作为雇主，法国给的薪水不仅比英国高，而且这些钱能直接交给劳工本人，而不是给他们国内的家人。没人告诉过我，还能有这样令人羡慕的另一种选择，而我却根本没得选，只能接受别人给我的，而且我现在当然知道为什么会这样。盛儿告诉我时，我竭力克制住自己，才能不让他看出来我内心的愤怒。必须这样，因为我知道，他永远也不会理解我父亲的背叛。我对自己的命运只字未提，现在意识到，当初我是按照英国的合同被送到这儿来的。一想到我辛辛苦苦挣来的钱要交给父亲那些贪婪的债主，我就感到恶心，对他的憎恨又一次涌上心头。

　　为了不表现出什么，我只能通过多多安慰盛儿来转移自己的愤怒。该死，我离开中国这事被欺骗玷污了，当然这不是盛儿的错。但我也不需要对亲爱的表弟如此同情怜恼，因为刚刚从我们短暂的团聚中看出，盛儿仿佛到了真正的天堂。

盛儿吹嘘道："太走运了，我被选到附近一家工厂做机修工和搬运工，就在埃丹镇，里面全是法国女人，我们的男女比例是 1 比 50，寡不敌众啊。"从比利时随随便便地就被发配到这里，他开始可能感到自尊心受了伤害，但很快就被新环境中的喜悦征服了。

听起来还不错，虽然我第一反应是同情盛儿得到这么卑微的任务，但我还是放心了，因为至少现在他在这儿，而且又是非常安全的环境，远离危险，不像我。这也是他在这么艰苦的旅程后所应得的。

"嘿，这可是女人的工作，盛儿，"我嘲笑他，想让气氛轻松一些，"我也要申请转过来，这样能用我的法语帮你对付厂里迷惑人的法国姑娘们，你听不懂她们说什么就惨了，不过你可不能跟她们鬼混，嗯？"我像个孩子一样跟他开起了玩笑，但也有一丝嫉妒。

我一眼就认出了那家工厂，现在我已经知道他住在哪里了，只要有机会，我就想办法跑出去找盛儿。我们还有很多话要谈，而且我也迫不及待地想见到那些姑娘们。

盛儿咧着嘴说："杨，你现在笑我，等你看到跟我一起工作的那群姑娘，你得求着你们中校把你调来我这儿。"

然后他脸红了，承认有个法国姑娘让他特别喜欢。他继续说着，但我们周围的混乱已经越发令人恼火了。不管怎样，我有些担心我亲爱的表弟这么不成熟，他丝毫没想到这跨越了国籍与种族，我真不知道他是否了解这一点。

我走了很长一段路才回到营地，脑袋嗡嗡作响，心也怦怦地跳。我不知道自己怎么想的，但当我们彼此告别走出足够远的时候，我离开大路跑到一个偏僻的地方坐下，像个发狂的孩子一样悲痛地哭泣，即使早都成年了。我应该是有点小小的崩溃，和盛儿聊天时就感觉到了。整个战争期间，我都把他撇在一边，如今又见到他，还能激动地拥抱他，实在令人惊讶，所有的思乡之情也都一股脑地涌出。天啊，真是让我心烦意乱。离开中国以后，我肯定一直在心里藏着这些沉重的包袱，现在要把它们永远地从记忆中清除出去。那一刻，痛苦的创伤伴着一幅幅画面：母亲的泪水、她给我的特殊礼物、弟弟们的喊叫……

我得尽快控制住自己的情绪。在回营地的路上，想到表弟描述工厂的生活，我就开始为他的天真担心起来。他年纪虽不比我小多少，但对女孩子毫无经验，再加上这儿的情况和国内大不相同，真是让我为他思虑很多。我很清楚，盛儿在对待关于法国女人的问题上，必须特别谨慎，我听过太多英国人聊到这方面的内容。但愿他能严格遵守纪律，尤其是对我们这些"中国佬"的规定，他们很严格的，如果盛儿做了不恰当的事，他可能会被开除，更甚者会面临严重的惩罚。但我比较小心，没有把这些告诉盛儿，要不他肯定会觉得我是嫉妒，因而会把我的话当耳旁风，不听劝告。我太了解他了。他太容易受骗，根本不知道这是很危险的事。希望他别被这个法国姑娘迷惑太深，但愿只是个无害的白日梦而已。盛儿总是像个天真得无可救药的孩子。也许他的一厢情愿真是没必要的，因为没有哪个骄傲的、土生土长的法国姑娘会对我们这些外国闯入者表示欢迎，更不用说能接受我们想方设法地接近她们了，无论如何，她们跟我们一样受到严格的社会风俗的约束。在我了解到更多情况之前，这一点已经能让我放心了。

我安慰自己："该怎样就怎样吧。"回到营地，我就先不去想这事了。

第八章
麦格丽

我无法忘记盛儿在我们第一次重逢时所说的话。从那次激动人心的相遇开始，日子一天天过去，虽然坦克仓库又经历了一些疯狂的时刻，伤亡人数也不断增加，但我还是陷入到盛儿那天真的白日梦中，不能自拔。

"这小子真幸运……但是这么大的诱惑可能会害了他。"我思索着。

事实上，我一直有种根深蒂固要保护表弟的本能，而且他又是我亲密的朋友，我们现在都长这么大了，但他看上去总是年龄太小，骨瘦如柴，所以我总觉得自己是他的监护人，是他的哥哥，想要照顾他。母亲一直教导我说，大部分童年时代的友谊，在成年以后依然会很好，所以应该珍惜。

记得我们俩告别时，盛儿转过身，看着我，我们之间隔着一段距离，所以他朝我喊道："杨，你什么时候有空来看我，我把她指给你看，你就会明白的。她特别漂亮，很完美。她跟一名法国士兵订了婚，但就算这人现在还活着，也已经失踪了……"他的话就像一团不祥的乌云，牢牢地盘踞在我的脑海里。

"别傻了，盛儿！"

我不相信地朝他喊道，但因为我俩离得太远就没再多说什么，而且他也不想听我的意见。如果盛儿被人发现跟一个已经与法国士兵订婚的姑娘在一起，他将面临被处死的命运，恐怕没有比这更危险的了。

我决定下次见面时要尽量冷静，如果盛儿真的做了什么蠢事，陷入艰难的境地，那我可能会改变主意去尽可能地支持他。除此以外还能怎么帮他？听说西方女孩跟她们的爱人被战争分开并失去联系的事时有发生。而我们这些人的情况则完全不同：单身，远离一切熟悉的人和事。工厂里的大多数姑娘应该都到了适婚年龄，如果还没订婚，那肯定是因为男朋友去前线了。听说如果夫妻因为环境或工作原因被迫长期分开，孤独感会引起很多奇怪的想法，尤其是在面对连续数月的沉默而没有对方消息时，思想和情感都会飘忽不定，脆弱的姑娘们就会成为那些驻扎此地、思乡心切的士兵们容易得手的目标。当然，这儿有那么多法国或英国的男人，没有哪个有眼力的年轻法国姑娘会考虑我们这些中国劳工，不管心情多么沮丧。如果她们真要选择对象，何必要找我们这样卑躬屈膝的人呢？

正当我为这事苦恼时，我们组的一个人在我不当班时，把一只非常令人同情的毛茸茸的小鸟送给了我。在我们的住处几乎没什么秘密，这家伙知道我有所谓神奇的驯鸟本领，所以他在别人的撺掇下，带来这只受伤的小麻雀给我，看看我能做什么。我低头看到它正无助地被我捧在手里，等待奇迹的出现，突然想起姑父以及在乡下的那些日子，不禁热泪盈眶。

很快，我就帮这只小鸟解决了问题，并尽可能轻柔地在它折断的翅膀上绑了一块精致的夹板。此后，就开始了对它的护理计划，这也是我很用心的消遣。无论何时，我都把这只可爱的小家伙带在身边，在晚上或者其他我认为比较安全的时候，就把它留下，关在床边的小笼子里。

我总觉得，或许可以为这只脆弱的小生灵，提供一个比我们大多数人都能得到的更好的待遇，因为它可能也已经远离了自己的家乡。

然后我又想起从中国出发的漫长又可恨的旅程中，那些可怕记忆中的几个玩笑话，当时我在火车上无意间听到负责我们车厢的士兵们的谈话，以及他们愤愤不平的抱怨，现在终于清楚地明白了，我们这群人被视为一种负担，而且只是运送的一大批"货物"而已。这些背后的恶意中伤，证实了这一点。如果有谁知道我能听懂英语，肯定就不会公开地说这样的话了。那是一段漫长而富有挑战的旅程，人们在能够听到的距离内，说着不过脑子的话，其中最刻薄的就是针对我们。最具破坏性的谣言，就是说我们"中国佬"在国内都有了妻子。这些法国兵和英国兵肯定是被训练好来传播流言蜚语的。对他们来说，最好的诅咒，就是抹黑我们的名声，好让西方女孩远离我们"肮脏的手"。实在荒谬！但毫无疑问，这样的话在这些女孩身上肯定会产生影响。这里其实没人真正了解我们的文化和生活方式，我们几乎没人有女朋友，更别提什么年轻的妻子等着我们回国了。但谁会相信呢？

* * *

我的头几乎要炸开，实在无法阻止自己的思绪不停地转动。终于，从早到晚等着再见到盛儿的漫长日子要结束了，我也松了一口气。当我得到休班的许可后，第一件事就是去看望表弟。

虽已进入隆冬时节，但晴朗的天空和如此宁静的大自然让我带着一颗还算乐观的心出发了，这里几乎像是没有发生过任何战争一样。匆匆赶路时，一些勇敢的鸟儿还唱起了它们的小调，而我养的小家伙现在正舒舒服服地缩在衣服里，和着外面传来的召唤，它也发出一两声微弱的鸣叫。

远处有只狐狸，它转过头来看我，然后溜掉了，还能看到些许大自然的踪影，这就足以让人开心。我忍不住轻盈地跳了起来，但又立刻假装自己在执行任务，以防有同伴们看到就怀疑我可能刚刚发了一笔赌博带来的横财。其实我对于被审查的敏感从未消失，早已改变了在家乡时的习惯，不再按照惯性思考行事了。

我说服自己，或许我更盼望看到工厂里那些年轻姑娘，这比看到盛儿还令人激动。我喜欢这样胡思乱想，所以一路上都这样跟自己开玩笑。不管怎样，或许有一部分是对的。本来不想忘乎所以，但盛儿的美梦也把我迷住了，因为在这样一个荒凉而孤独的地方，它是很有诱惑力的。也许有更好的机会等着我，是我不敢奢望的。

一想到熙熙攘攘的工厂里挤满了年轻的姑娘，我就兴奋不已，在国内都从没见过这样的场景，更别说身处战争中的西方世界了。这不能怪我。有那么一刻，我又允许自己飘忽不定的脑袋去想象一个云雾缭绕的天堂，那里有云端上的天使，当她们经过时，还在挥手致意。我的脑子里都在想什么玩意儿！

去工厂的长途跋涉，使我很快就不由自主地产生了这些可笑的幻觉，路上还经历了什么一点儿也不记得了，现在，我已经完全准备好迎接一切疯狂的事。

到了那儿以后，似乎很容易就能混进去。我以为，作为一名中国劳工，会被要求在外面等候与盛儿见面。结果完全不用。入口处一个人也没有，我直接走进去，发现自己正站在一个充满蓬勃景象的角落里，似乎没人有时间抬起头，更不用说注意到我站在那儿了。我虽然没在天堂，但离天堂已经很近，这儿和我在坦克库里的情景完全不一样，几乎可以让人忘记当时正在打仗。

我把思绪拉回现实，强迫自己冷静下来，想起自己要干什么。终于，在厂房的一侧看到了盛儿，然后绕着墙走向他。依然没有人来质问我。他看到我很激动，但他不能停止手头的事，所以做了个手势，表示不会让我等太久。我待在原地，一边等，一边环顾四周，不知道盛儿喜欢的是哪个姑娘。

盛儿忙完之后，走到我身边，我们又拥抱了一次，但没有第一次见面时放得开，毕竟这儿不是展示情感的地点，而且这次因为怕被监视而疑神疑鬼的人也不是我。

盛儿看出我的心不在焉，显然是在环顾厂房周围的女孩们。

"如果你在找我的那位天使，你看错方向了，我的朋友。她在那边，看，靠过道的那个，倒数第二排。她是不是很美？"盛儿像个顽皮的孩子一样低声说。

我很想找到盛儿的梦中情人，但并没有立刻在一群叽叽喳喳的年轻姑娘中发现她。然后，当盛儿在我耳边低语"她的名字叫麦格丽"时，我的目光恰好落在了她的身上，不知是否是命运的安排，刚好就在那一刻，我亲爱的表弟所憧憬的那个姑娘从她的工作中抬起头来，我们的目光立刻相遇了。这冲击力让我无法呼吸。无论出于什么原因，我的想象力很可能已经不受控制了，这位麦格丽对我也露出了最微妙的笑容，似乎充满了爱意，尽管它可能只持续了不到一秒钟。

我顿时就呆住了，不能自拔，虽然她立即中断了与我的眼神接触，但我还是无法把目光从她身上移开。我记得盛儿喋喋不休地谈论着她的容貌，现在他已经告诉我她那迷人的名字是麦格丽，我似乎也无可救药地爱上了她。现在看着她，觉得她的一举一动都很迷人，虽然不算惊艳，但是举止优雅，外表端庄，完全就是盛儿所迷恋的那个完美的法国姑娘。

"你觉得呢，杨，她是不是很可爱？"盛儿一定要问我的意见，他声音提高了些，还用胳膊肘轻轻碰了碰我。

"嗯……哦，是啊……非常，嗯，非常漂亮，盛儿……

确实很有吸引力。"

我必须控制自己别口吃，并尽量分散注意力，不让人看出我的真实想法。

"但是她订婚了，你说过她的未婚夫在前线，对吗？"我装出一副无辜的样子，声音却听起来怪怪的，想要破坏盛儿的热情，把他拉回现实中。

"嗯，是啊，杨，但那只是我顺便一提，"盛儿轻蔑地回应道，"所有这些年轻漂亮的姑娘都有'另一半'，或者她们就那么一说。虽然我可能需要一段时间才能接近麦格丽，但至少我已经从别的女孩儿那里知道她的名字了，这就是个好的开始。"

然后他对我说："不管怎样，想着有一天她也许会和我在一起，就能让我度过这里无聊乏味的每一天。"盛儿坦白道，试图让自己听起来像个成年人。

"对我来说可不会无聊乏味，"我开玩笑道。我们都笑了起来，但又忍住没有笑得太过，就像以前在一起的日子一样，我俩总能让气氛变得轻松起来。

但情况比我担心的还要糟。尽管他努力把这一切当成无害的乐趣，但很明显，他对这个麦格丽还没说过一句话，就被完全迷住了。他现在尚处于萌芽中的浪漫幻想，并没有什么实质内容。就这样，我亲爱的表弟又为自己编织了一个无望的梦幻泡影。我太了解他了，不会以为他俩真能怎样的。

可问题是我自己也变得同样无力，纯粹是因为麦格丽那一望流露出的一丝兴趣，所以我也同样陷入那不可抗拒的着迷。我宁愿相信，她向我投来的不仅仅是微不足道、毫无意义的一瞥。好在因为盛儿很天真，没有发现这一切，只因为我赞同他从工厂这几十个姑娘中选择对象，就让他很受鼓舞。这就变得有点微妙了。他只想跟我分享他的喜悦，得到我的赞许，他似乎只关心这些，完全无视现实。和以往一样，他对周围生活的错综复杂毫不在意。

几分钟后，有几个工人看到我们瞄来瞄去，就要求我们离开，这也在意料之中。当盛儿和我一起走出厂房彼此告别时，我偶然听到一个车间工头从我们身边走过，用法语朝我们这边嘟囔着："要是有哪个中国佬以为自己有机会跟我们这儿的姑娘在一起，我就把他那双臭手剁掉。"

你可能以为我现在早已习惯这样故意的挑衅了，但不知怎的，这句刻薄的话却很让我心烦，顷刻间粉碎了我愉快的心情，我本可以朝那个混蛋吐口水，他的声音里充满了仇恨。没有人会仅仅因为毫无恶意的观看就能被侮辱，只有我这个可怜的中国劳工。

盛儿得到许可，和我一起休息了几分钟，这让我心情好了一些。所以我们在车间外转了一圈后，都平静了下来。我设法使心跳放缓，盛儿和往常一样没注意到任何事情，我却相反，习惯对周围的一切都保持高度警惕，但这样的警觉让我总是紧张兮兮的。

安全离开厂房后，我不再谈论麦格丽，但很快就勾起盛儿对家乡的思念。这样转移注意力最好不过了，因为被工厂里的那个家伙嘲笑，让我很是恼火，所以我知道这是最好的解药，可以抑制我的愤怒。

然后，我适时地将手伸进衣服的口袋，轻轻抚摸里面最可人的小惊喜，我张开蜷缩的手指，看到我的小麻雀，它又看见了阳光，高兴地叫着。最后，我把小鸟举到面前，深情地望着它，鼻子对着鼻子，还直接用嘴给它喂了一些小点心。

"哇！说真的，杨，你哪来的时间训练这个小宝贝？"

我朝他点了点头，他喘着气，脸涨得通红，露出了调皮害羞的笑容。他仿佛又回到了少年时代，小心翼翼地欣赏着我多年前的技艺。这一定让他想起他的父亲和他的家，还有曾经那只沉默了很久的小麻雀，以及我是如何煞费苦心地教它唱歌的。盛儿高兴地笑着，看我轻轻地把这只对世界充满困惑的小鸟装回上衣口袋，我也像只骄傲的雄鸡一样对他笑了笑。

然后我们都详细地讲述了各自从中国出发后经历的可怕旅程，那时我才意识到，与我相比，盛儿的经历更加危险和痛苦。幸好所有关于德国潜艇在法国港口等着我们的谣言都被证实是没有根据的，所以我不禁为盛儿的遭遇感到同情，真不知道他是怎么活下来的，而且在那种情况下身体还相对完好，他显然还是比我想象的要强壮多了。至少他现在在工厂能比我更少遭受战争的危险。

这样最好了。但对我来说，风险也没有想象的那么大，尤其是因为我能够在英国军队这个无情的体制内爬到更高的位置，从而避开了一切繁重的劳动，也为自己获得了一些保护。盛儿很纳闷我是怎么做到的，当我们离开家时签的都是劳工合同。他并不知道我有多么不在乎我的薪水，毕竟我并不是自愿来到这儿的。我告诉他我是怎样灵活应对，以及现在我所处的位置，也告诉他英国人带来的坦克确实值得一看。当然，盛儿一开始就注意到我那漂亮的军服了。

"杨，你真棒，我本来就对你期望很高。但听上去还挺危险，你是我很要好的朋友，所以千万注意别太努力争取认可，要不然他们可能会让你成为一名士兵。"

说得很对，我用笑容感激他。盛儿也对我的反应很高兴。但我没告诉他我负责筛选和监控信件的事，最好还是不要告诉任何人。

　　我们仿佛又回到童年的那个幻影里，时空奇妙地扭曲着。我们也聊到家乡还有当时充满孩子气的打仗游戏的细节，可是当我们发现我们现在正在外国的土地上分享这些回忆时，就像进入一场噩梦，在梦里，我们的世界正在被有史以来最惨烈的战争撕碎。相比之下，想想盛儿所在的工厂里，一排排年轻的法国姑娘在她们的机器前，充满诱惑力地做着工，是何等美妙！这多么让我的表弟分心，但现在也搅扰起我来。我所拥有的一切，就是整天盯着汗流浃背的粗野的乡下人。盛儿滔滔不绝地讲述着他的经历，我偶尔听到工厂窗户里飘来姑娘们咯咯的笑声，还有诱惑人的法式幽默，这让我更加嫉妒，真想回到厂房里，成为其中的一员，与盛儿有更多时间在一起。

　　盛儿继续说着，我的注意力却开始分散，思绪又回到麦格丽身上。虽然当时她离我有一段距离，但还没有远到让我感受不出她外表的吸引力。我从未想过一个西方女孩会是什么样子，更没想过要接近她们。但如今，远离家乡以及家乡那些我曾毫不犹豫拒绝的山东丫头，这个优雅又出奇自信的女子完全使我为之倾倒。她很年轻，面色白皙，有些小雀斑。记得那些随意散落在她肩头的长发，还有微卷的头发从前额梳向后面，从一根紧扎的红发带中垂下，露出了美丽的脸庞。正是这些微妙的温柔魅力吸引了我。潜意识里，我曾一度想象她可能拥有我母亲年轻时的某些特征。但除此以外最动人的，就是她朝我这边流露出一刹那的稳重又亲切的微笑。我渴望再次见到麦格丽，想要欣赏她更多的美丽，但我没有借口能再进入厂房，只能使自己从白日梦中清醒过来。

盛儿要继续工作了，我俩只能到此为止。我们都想尽快再聚。我尽量不让自己的声音听起来过于激动，但我实在很兴奋。所以，当盛儿建议下次他要来我们营地，看看我每天的工作时，我就知道这根本不是我想要的。我迫不及待地想尽快回到工厂再看一眼麦格丽，所以明确表示下次见面时应该还是让我走远路来盛儿这里，我说服他这才是最好的方案，因为以后有的是机会可以去我那边参观无聊的仓库，但和我相比，盛儿却没那么自由可以随便离开岗位，所以他很欣然地承认我的提议更好。

但我到底在想些什么？我的表弟、我最好的朋友，天真地对一个法国姑娘产生好感而因此失眠，我还劝导他，结果却发现自己也鲁莽地一头栽了进去。

只能期盼盛儿不再胡思乱想，能看出这一切都是愚蠢的，然后接受现实，彻底放弃麦格丽。但这也有我自私的动机，因为如果盛儿能冷静下来，假使我有机会的话，可能对他的愧疚感会减轻一些。我甚至还说服自己，这样做是在帮他，因为这么一来，他在工厂就永远不会再受到危险的诱惑了。我是疯了吗？好在营地里没有人看出我每天都在为麦格丽分心，所以我必须摒弃这些疯狂的想法了。但其实真有些舍不得，不知这个姑娘是不是我梦寐以求的伴侣，所以我十分不情愿地决定，要尽我所能去平息一切渴望，抑制这种精神错乱的激情，把注意力都集中在坦克仓库的紧急任务上。

　　日子一天天过去，我渐渐恢复了理智，也越来越少想到麦格丽，甚至几乎完全把她抛在脑后了，以致开始怀疑自己是否真的见过那个女孩。不再想她以后，我甚至觉得自己可以倒过来思考，如果麦格丽能喜欢上盛儿，我可以心甘情愿地接受命运对盛儿的仁慈，我对她所有愚蠢的痴迷也会永远消失。如果真的发生了这样的事，盛儿就需要更"爷们"一点儿、勇敢一点儿；但如果他的浪漫憧憬并未实现，那他就得把自己的梦隐藏在心里。然而，我自己的痴迷，就如同魔鬼的爪牙一般，又开始不断向我袭来，像个无法抵抗的幽灵。我觉得，即使我们这些中国劳工与这位姑娘不属于同一阶层，那比起盛儿，她肯定更愿意选择我，她应该已经注意到我的高级军服和相对整洁的外表。这是个多么自负的想法，但它却因为一个男人的肾上腺素和自欺欺人的自信，被激发助长了。但话又说回来，谢天谢地，只有我能用法语交流。除此以外，我还是个更成熟的男人，一旦她得知我是一名翻译并有着坦克仓库班长的身份，竞争就能立刻分出胜负。这是我平生第一次用本能去拼命地抓住救命稻草，所以才把盛儿当成一个单纯无知的乡下孩子，把自己看作成熟睿智的长者，准备好去承担吃禁果的风险。那么也许现在是时候该放弃我在童年时代那个过时的老大哥的角色了。或许这样做对我更合适。但是，她会选择我们中的谁，这样问难道是出于理智吗？这个可怜的姑娘肯定非常脆弱，正在为她的未婚夫不在身边而伤心，而且他肯定在前线上是一名很勇敢的战士，随时都可能回来出现在我们面前，而我们俩中的任何一个人，只要还在惦记着她是否会转向我们，都绝对是个白痴。

我完全混乱了。直到最后，我又有了一个奇怪的想法：这样如此优秀的一个法国姑娘，陷入祖国饱受战争蹂躏的困境里，如果要把爱的目光投向未婚夫之外的人，一定是让她感到无比钦佩的人，值得她爱的人，英雄般的人。嗯，这样的结论才是经过深思熟虑的。

第九章

搅局的人

现在，一个叫唐易的人成了我的大麻烦，从一开始就是。

他刚好是我们那趟火车上另外两拨中国劳工旅队伍的一员。一路的旅程中，我都没注意到他，也没人提起过他。他们就是在埃丹镇的马场那里先下车的队伍。

和我一样，唐易也是从一大群劳工中被选拔出来的，但他并不会外语。他跟盛儿一样是乡下人，但他家里是专门养马的，所以自认为比其他农村小伙更高一等。他野心勃勃，冷酷无情，不愿与旁人为伍，体格出奇地强健——身材魁梧，面容严厉，四肢粗壮。自打他来了以后，就不断吹嘘自己对马有多么了解，自然得到了一些认可，并被派去照料马匹、训练骑兵。

如果不是命运把他安排在我的营房里，我就不知道这些，也不会关心。但糟糕的是，他的床铺离我很近，所以我只有偷偷摸摸地才能保护自己的隐私。

唐易从一开始就盯上我了，他肯定是通过我的军服和我说的话，看出我在那趟命攸关的旅程中的与众不同，现在我们又住在一个房间里，他就更多地了解到我显然是受了英军指挥官的提拔。他做得比大多数人都好，但他觉得，自己还只是个马场工人，所以对我嫉妒得要命，虽然想竭力掩饰，但还是被我看穿了。

我为那只柔弱的小鸟担心得要死，就怕这个坏蛋可能会在背后搞花招，趁我的小宝贝还没完全康复就把它放走，要么就是想方设法弄死这只鸟，并把责任推给别人。所以我下决心一定要保护好这只鸟。

幸好，当我内心这样挣扎并时刻处于紧张状态时，发生了一些美好的事情，安抚了我的心灵。一次，我们组里有几位才华横溢的乐手，他们找到合适的时机，在大家都不当班时，把乐器从房梁上解下，组织了一场小型乐队演奏。

路过的英国兵都惊呆了，他们只听过军官们的留声机里传出被帆布蒙住、声音断断续续的奇怪旋律，或是长官私人住所里的嬉笑戏谑。

这样活灵活现的真实旋律，使我们十分怀念故乡，也为我们古老文化中动听的愉悦感而自豪。

其实我并不比唐易聪明，我们的背景可能也不相上下，但正是我获得的各方的认可，尤其是和我的伙伴们在坦克

▲ "唐易……身材魁梧，面容严厉，四肢粗壮……不断吹嘘自己对马有多么了解，自然得到了一些认可……"

▼ "我们组里有几位才华横溢的乐手……"

仓库里那种同志间的情谊，使我们更加团结；唐易却是个独行侠，虽然他驯马的技艺值得称道，但随着他的地位得到提升，就更明显地要窃取或破坏我所拥有的一切，一旦他得到机会的话。

唐易并不懂，一个人的影响力和受欢迎程度需要时间和耐心去经营。他自以为有很多崇拜者，但他周围小团体中的很多人都是因为受到了他的恐吓和威胁，大多数劳工都怕他，不敢冒险去无视他，更别说和他对着干了，所以他才到处都显得很受欢迎。

没多久，唐易就听说了盛儿，也知道了他对我很重要，便立刻凑过来，像警犬闻到让它垂涎欲滴的气味一样兴奋。他用低沉沙哑的声音对我吼道："嘿，杨，你个老家伙，我什么时候能见见这个盛儿，你这可怜兮兮的表弟，你每次都想方设法要见他，他一定很了不起吧？"

他开始纠缠着问我和盛儿的关系，三句不离题。我一点儿也不奇怪，他从来没体验过真正亲密的友谊带给人的快乐，他也不可能在这儿找到这样的朋友。

我就是不理他，只要有机会，我还是会去见我的表弟，但肯定会事先确定唐易不在场，也没有跟着，尽管我知道，他肯定想要尽快搞清楚盛儿工作的地方，所以我决定等时机一成熟，就来解决这个问题，同时预先警告盛儿，如果他们碰上了，一定不要理睬这人。但那一刻肯定会来，只能听天由命了。

后来，我在去中校那里开会的路上，收到盛儿给我的信时，就知道坏事了，表弟的行踪肯定是暴露了，信封已经被人打开，又笨拙地重新封好，上面手指留下的污迹，也证明了这一点。

盛儿在信里，正是要确认我们下次在工厂见面的日期和时间。

第十章

康布雷[1]的英雄——杨

证明我作为一名中国劳工的价值以及使我脱颖而出的最好机会，来得比我期望的还要快。

在 1917 年 11 月这段极其艰难的时期里，康布雷这里永无休止的战斗就像是有什么不祥的征兆。协约国部队看起来比以往更加衣衫褴褛，士气跌落到底，坦克维修也超出了我们的承受能力。无情的火光在烟雾弥漫的黄昏中噼啪作响，腐蚀性的燃料蒸汽刺痛着人脸，仿佛地狱一般，但我们依然继续按照紧张的排期工作着。前方官兵和增援部队曾多次遭到敌人的炮击，如果坦克不能快速突破重围，前线部队的生存就会受到严重威胁。损失已经相当惨重了。

我很快就发现，当压力带来考验时，那些身负重任之人会行事反常，但看到里德中校和他的同僚们面对敌人源

---

[1] 康布雷（Cambrai）是法国东北部城镇。两次世界大战中均遭严重破坏。

源不断的进攻，还依旧保持着清醒，不禁对他们肃然起敬。不管增援部队来了多少，也无论战果如何，损耗的速度似乎是无法遏制的，但他们依然坚韧不拔。然而一切都是徒劳。绝望与失去理智的行为每天都会发生，比如年轻的前线士兵突然精神崩溃，不受控制地爬到楼顶，喊着脏话向前方疯狂地开火扫射。这些勇敢的疯子大多被击毙，像玩具娃娃一样毫无意义地掉下来摔在地上。

就在这样虚幻又疯狂的情形下，里德中校自作主张，策划了一场令人发指的鲁莽计划，想把四辆坦克组成的小队塞到正在向德军进军的队伍里，以便一劳永逸地突破防线。德国佬的威胁从不停止，我能看出里德中校的烦乱，随着日子一天天过去，他更加如此。那天，他的声音里有一种错乱的语调，反倒让我不安起来。

"该死的德国佬又在发起进攻，要彻底打垮我们，"他骂道，还用拳头在我前面的桌子上捶了几下，突然开始对着我说，"告诉你，如果咱们不赶快行动起来，那些混蛋完全有机会干掉我们！"

失控的怒气已经不是第一次让这位指挥官像变了一个人一样，他咆哮着，上唇僵硬，不停地骂着脏话，说他多么想把德国人从地球上抹去。他逐渐变得让人觉得有些过分激动，甚至有失去理智的危险。糟糕的是，支持他的军官们自己也都很紧张，以至于几乎没人注意到他的失常，更没有人因为觉得他失去了理智而去反驳他。当里德中校继续咆哮着说要抓住敌人打盹的机会时，我突然觉得不能再沉默，也不能再这样听他嚷嚷仓库里还有什么武器能赶快投入使用。我本不想让他的情绪变得更糟，但还是觉得有责任说出我对残酷现实的看法，哪怕只有一丝希望能让他明白或让他听听理智的看法。里德中校真是气急了，虽然很明显他的脸涨得更加通红，随时都有可能爆开，我还是插进话来……

"长官，我不确定我们能否把这四辆坦克都准备好……昨天真是挨了一顿狠揍啊。咱们没有能修好并投入使用的足够的坦克……顶多有两辆可以用，但也还要再多修两天……"当我结结巴巴地陈述时，心里战战兢兢的，果然立刻就得到了我所担心的批评，使我不得不闭嘴。

"我知道，我知道，"他厉声地说，"肯定不能明着来，只能秘密地对付他们。只有这一次机会，你们所有人必须服从命令。如果能早一点动手给他们以打击，就有可能用声势吓得他们夹着尾巴撤退……秘密行动，知道吗，要秘密地杀他个措手不及。坦克必须给我准备好……就是通宵不睡觉也要赶出来……赶紧行动。"

当里德继续长篇大论时，几乎把他周围所有的东西都敲打了一个遍，他喊着指令时，唾沫飞得到处都是，大叫着，像头发怒的公牛一样扭动着脑袋。就算他现在还不算发疯，那我估计他也会马上疯掉的。但他还没说完：

"那些德国毒蛇需要被教训一下，我们要用坦克攻破他们的防线，打得他们屁滚尿流！他们一旦发现自己中计，就只能当场尿裤子，咱们的装甲部队就可以开过去，轧烂他们的屁股！"

我彻底无言以对。绝对是疯了，这些只是凭空幻想，但我又懂什么呢。我们无论如何只能千方百计草草地拼凑出四辆坦克，不管怎样，都要把它们开出去。截止日期就是明天黎明前的一小时，也就是说现在只剩十个小时了，我很清楚，这时间远远不够，但是还能怎么办呢。

所以我不得不把坦克组搞得很痛苦，虽然知道我是在得寸进尺，因为即使在仓库里，刺骨的寒冷已经冻得大家手脚麻木了，但还是得毫不留情地让每个人都加紧干活。我的脾气也越来越坏，但劳工们都太累了，没人有力气反对我的命令。

黎明似乎比以往任何时候来得都要晚，或者只是被冬天的雾霾困在了胶着的地平线上，所以才黑得像罪恶一般。坦克组彻夜加班加点干活时，里德中校疯狂的命令一直在我心头萦绕，所以我们就被这一遍遍怒吼着的号令所奴役着，仿佛他那张疯疯癫癫的脸和沾满唾沫星子的胡子还在我眼前。大家都非常需要睡眠，但哪怕只是片刻的休息我也不能允许，因为没时间了，一旦里德中校发现我们没有竭尽全力执行他的命令，肯定会气疯的。

这个计划太鲁莽了，但他完全不理会我的任何警告，虽然我尽了最大努力告诉他，也极力保持客观的态度讲明了事实，并不带有任何失败主义情绪。我们或许可以暂时假装一下，但肯定不会总能有可以正常运转的足够的坦克，然而他却期望我在一夜之间就认真执行好这场灾难般的任务，让至少四辆坦克为他的命令做好充分准备。简直是个笑话！这真是我一生中最漫长、最艰难的一夜。

* * *

由于前线受到威胁，里德提前冲进了坦克库，但至少还要过两个小时才会出现黎明的第一缕微光。我们这里已持续了好几个小时无人交谈的寂静被打破了，他真是让人措手不及，但我刚要立正，身后疲惫不堪的士兵那里就传来呼噜声和咳嗽声。我报告说我们已经安排了足够的维修人员，也安装了该替换的零部件，以便四辆坦克全部准备好可以投入使用。这完全是捏造的。

"长官，四辆坦克准备就绪。"我咬紧牙关说。管他呢，我想，我就按照他想听的话告诉他。

但里德几乎没听到，并且还没等我反应过来，他和他的人就从我身边闯过去，爬进这四辆坦克，把它们全都发动起来了。噪音震耳欲聋，充满目中无人的挑衅。当它们向前驶出时，我靠近我们团队的一个主要成员，在嘈杂声中对他喊道："这就开始行动了，真够可以啊！"

看着坦克一辆辆地向前开进，我胃里感到一阵恶心。我们拼凑了现在能找到的最好的零部件，说实话，四辆坦克中最多只有两辆勉强能用于作战模式，但我们已经尽力确保每辆都能开动起来，离开基地，好让里德闭嘴，因为我们服从了命令。

本来还需要一个星期的时间才能让这些饱受摧残的大家伙恢复正常运转，就算那时候真能完全修好，也是个奇迹了。今天真的实在无能为力了。

当坦克在轰鸣中离开时，我们也精疲力尽地一个接一个跪倒在地。让这些英国兵开着坦克去送死，我不禁觉得自己多少也有些责任，但荒唐的是，这都是因为有个指挥官咆哮着说要去讨伐。在经历了战争中最痛苦的一晚之后，坦克引擎的油烟已经熏得我睁不开眼睛，噪音也让人耳聋，感觉难受极了，耳朵嗡嗡作响，喉咙又痛又干，眼睛像被火烧一样，难道这就是死亡的感觉吗？我希望不是这样。

　　大家迫切地想要睡一会儿，但都没力气爬进自己的铺位，要彻底垮了。我还想讲一些轻松的笑话帮大家减轻忧郁，但每个人的神经似乎都还在高度紧张着，完全放松不下来。所有人都非常需要睡眠，但我，作为其中的一员，只是坐在那里，在坦克库空荡荡的昏暗中凝视着它们驶向的远方。我在等着那最坏的结果，让我们承担全部责任。

＊　＊　＊

　　所以你可以想象，当一觉醒来，得知我们疯狂的坦克部队终于不顾一切地设法冲破了德军防线时，我有多么难以置信。而且有那么一秒钟，我都几乎要大胆地设想这会不会就是战争的转折点。但实际上，四辆拼凑起来的坦克一开始排成一排冲击防线，其中两辆很快就被包围上来的压倒性反攻击溃了，只剩下里德和另一辆坦克，也被彻底困住。

　　所以这终究只是个短暂的战果。但我不可能在一切乱套的前一天晚上，提前知道证明自己的真正机会是来自这个注定失败的任务。

　　我向一些从前方回来的劳工们大叫，想知道更多细节，因为我得亲自核实情况。这些在坦克突围的地方附近修战壕的人应该知道发生了什么。问题是他们都不愿意说，他们吃完饭以后，只想看着自己幸存下来的身体松口气。我用尽所有的招数威胁他们。很快就得知里德的坦克卡在外面动弹不得，不知道怎么卡住的，总之他面临生命危险。正如我担心的那样，谣言是真的，现在只剩下一辆坦克在掩护炮火。被我吓唬说出实情的这个中国劳工几乎快要昏过去，所以他肯定没有撒谎。他的声音像个机器人，单调地喃喃着，但差不多可以从他的话里猜到，德军反攻的炮弹在离他们新修的战壕很近的地方爆炸了，这个劳工自己也被洪水般的泥浆淹没了一部分身体，所以只好放弃刚刚挖出来的壕沟。

我让他走时，他继续说道："我以为我死了……要么就是在地狱里……"听起来十分凄凉。亲眼看到这口充满死亡气息的大锅把人熬成这副模样，心里实在为他难过，这是我的同胞啊。我被气急了，所以决定要做些什么。

还有许多像他这样的人，步履维艰地回到营地，垂头丧气，脸上的表情如同幽灵一般。他们的精神受到了极大创伤，很多人一瘸一拐地走着，或是咳嗽着。如果他们的家人知道他们现在这样，会怎么想呢？

回想我们一起经历的这些高潮和低谷，确实也很让人感到安慰，因为它们使我们中国劳工比以往任何时候都更加团结。我们是技术娴熟的工人，虽然更像是一群奴隶，但也是救星。在经过了一夜的混战之后，一种让人窒息的寂静降临，就像一层看不见的网，将大家作为一个整体捕获在静谧的真空中。这熟悉的死亡般的空虚，常常穿插着突然而持久的疯狂，让人怀疑疯狂是否真的已经消退，抑或是自己已然超脱正继续前行。

"你想出去野餐？"一个聪明的家伙从附近冲过来，在黑暗中引起了一些犹豫的笑声。这一刻真是一种解脱。

"是啊，再抽一口烟，就更完美了。"我朝着他的方向回了一句，大声笑了起来。我的回答果然起到很好的效果，这种大家都共同领会的幽默，是被困在异国他乡的中国人之间无法抑制的同乡情，也是别人无法体会的。

我一个人来到仓库的空地上，现在更加确信坦克小队肯定是失败了，指挥官遇到了大麻烦，我拼命想该怎么办。时间一定不多了，我开始把一大堆工具都装进背包里。几乎不知道自己能做什么，随手拿了些能拿的东西，包括我为了防备紧急情况而用零碎拼出来的"强力"工具。如果有需要，这些还能当武器用，因为不知道将会遇到什么。现在就得我上了，让风险见鬼去吧。

从前线带来的恐怖战争景象还在使人晕头转向时，我就像中了邪，偷偷地从坦克库里溜了出去，没被人发现。在这种狂躁状态下，满是油污的脸浸透了汗水，冻结在皮肤上，剧烈地刺痛着。即使在清晨的黑暗中，也得设法找掩护，好让自己低于视线高度，何况很快就会有微弱的晨光了。所以身子要尽可能压低，贴着地面跑，尤其是一旦附近有照明弹时更要如此。只要跳进堑壕，我就觉得很安全，所以像只老鼠一样沿着壕沟行进，更加感觉到背包的重量压在肩上，背包带也愈发勒人，但想到自己的使命，我肩膀的肌肉很快就麻木了。

壕沟更加黢黑，几乎什么也看不见。我听不到太大的声响，但也没有放慢脚步。从前面远处的枪声中推测，反击仍在进行中。恐惧像泄漏的硫酸一样从脖子流下，我有些退缩，但是已经无法回头了。我从同胞们那里了解到关于战壕的很多东西，因为被调到我们仓库的很多人以前都挖过很久。我小心翼翼地避开所有水坑，因为有人警告过我，说如果背着很重的包袱踩到水坑里，你的腿可能会断成两截；电话线也有可能会绊倒人，尤其是当墙上的黏土脱落，被订书机钉在那块墙上的线悬垂下来时。

里德中校曾说："这是秘密行动。"怎么可能？四辆大坦克排成一排，德国佬肯定提前好几公里就听到它们的声音了！我一边匆匆赶路，一边咒骂这个计划有多么愚蠢，差点撞上一些正在挣扎着返回营地的中国人，相隔几米外都很难看到彼此。他们问我干什么去，因为知道我不是战壕组的，但我编了一些理由就让他们闭嘴了。至于英国佬，他们在战壕里随意咒骂了我两句就让我过去了："该死的疯疯癫癫的中国佬……他背着野餐包要去哪里？"他们不在乎我是死是活。

我只是无视他们，不敢相信即使是在黑暗的满是老鼠的壕沟中，他们仍然能瞬间想出些老掉牙的侮辱性言语来针对我，"又一个没脑子的中国佬要去下地狱……"这话差点让我有所反应，但我想了想，算了，听过太多了。我一路威吓着穿了过去，等有机会给他们点颜色看看，让他们敢再瞧不起我们。

湿漉漉的鞋子使我的双脚开始刺痛，听到炮弹齐发的轰鸣，以及呼啸着飞向远方的嘶嘶声。到处都散发着厕所里令人作呕的味道，混合着尸体腐烂的恶臭。

我猜应该已经很接近目的地了，我认出至少一辆坦克正在笨拙地运行着，它在潮湿的泥土上振动着发出低沉的隆隆声。就在那一瞬间，借着从雾气里透过的微光，我注意到一些不一样的东西，当时我跌了一跤，挣扎着想爬起来，向前面几个很深的 S 形壕沟里看了看，不禁对那里的工程水平惊叹不已，应该是我们中国劳工挖的，记得曾有人教我们劳工，要照这样在战壕里挖出曲线和双角，以避开迫击炮弹落在壕沟里面爆炸而产生的冲击波。然后，我爬上一处突出的地方，终于看到那两辆坦克在原地一动不动，但离我还有一段距离。这两只巨兽就像疲惫的怪物一样，踉踉跄跄地向前走着，所以德国人能根据引擎的轰鸣确定它们的位置。它们的声音本应该把敌人吓得屁滚尿流，但我非常怀疑实际情况是不是这样。在我看来，敌人是纪律森严、冷酷无情的暴徒，对我们给他们的任何威吓都无动于衷，不管怎样，现在这两个被打得稀巴烂的大家伙已经没什么威胁性了，它们虽然很好地进行了突围，但只是经过了一段勇猛又微不足道的距离后，就进入了自己的终局。

突然，我周围爆发了袭击，速度之快、威力之大，把我吓了一跳，似乎是一场大规模的轰炸，炮火四处炸开。喧闹声吓人极了。我肯定是已经潜入到敌占区，或者是在激烈对抗的地段。周围震耳欲聋的声音造成的影响太可怕了，巨大的"砰砰"声和"咔嗒"声撕扯着我的耳膜，让人疼得要命。好在德军发射的一束信号弹燃烧成明亮的火焰，让我在一瞬间就找到机会，踩着一堆压扁的沙袋，挣扎着爬上去，扒住战壕想看看外面的情况。我几乎要吓出尿来，当时，一阵机关枪扫射和轰鸣的炮火只差十几厘米就击中我，一股黏液和泥浆突然从我前面冲下来，差点把我带下去，还有反坦克炸弹到处爆炸。接着又有一颗比刚才弱得多的照明弹落在我前面十几米远的地方，裂成碎片，还在发着光。他们就在那儿！在那短暂的瞬间，我再次看到最后两辆坦克像困在泥里的大象一样被照亮了，随即那最后的余光熄灭，就再也看不到了。混乱是可怕的。爆炸的碎片在我周围乱飞，让我一下子没抓住，就滑回壕沟里，差点被泥土的重量压得喘不过气来，一吸入刺鼻的味道，我的肺就像是痉挛了一样，真受不了这气息。我才发现，原来自己被埋在齐膝深的破碎的尸体堆中，周围还有断肢的人在撕心裂肺地喊叫。我都不知道他们在这里，一定是落下来的大量泥土把他们惊醒了，而此刻他们正在与窒息作斗争。他们到底是从哪儿来的？我奋力往上要爬出来，不知是怎样的光线，让我能看到他们那恶心、肮脏、抽搐的脸，几乎认不出这是人类。肯定有好几十人，在我周围一堆堆地胡乱地扭成团，有些想要说话，有些用受伤的胳膊摸索着向我伸手求救。我发现沟里还有一群老鼠和我在一起，它们四处找寻新鲜的人肉。当我开始怀疑自己会不会在这些难以忍受的恐怖环境中死掉时，一股突然袭来的对毒气[1]的恐惧感使我的肾上腺素迅速飙升。会有毒气的迹象吗？我不知道，我甚至都没想过会有。是不是这些可怜的家伙吸入了一些呢？我知道我不能一闻到不寻常的气味就妄下结论说这是毒气，但就算在精神上能承受自己被击中，即使最勇敢的人，只要一想到会死于肺部感染和眼睛灼瞎，也会就地屈服。

随后我又突然闪过一念，意识到我一定是带着小鸟出来了，于是惊慌地摸进衣服口袋。在一片混乱中，我几乎忘了这件事，即使周围没有毒气，这个可怜的小家伙现在可能已经死于惊吓或震荡了。太好了，我如释重负地喘着气，心怦怦直跳，把它拉近脸颊，看到它在深情地望着我。没有别的选择，至少现在没有，因为它的翅膀早就好了，所以不能让这个勇敢的小朋友与我一同丧命，也不能让它因为我倒下而被压垮。就这样吧，最后一次从我嘴中啄食，在这告别的食物之后，我向头顶的天空中放飞了它。我以为它会拒绝，或者至少会在附近逗留，但我看到它的最后

---

[1]历史上第一次大规模使用毒气武器，是在第一次世界大战，德国首先使用榴弹炮发射毒气炮弹，后来光气与氯气的混合化学武器在实战中被英军使用。

一眼，是无声的、扇动着的翅膀，带它飞进了黎明的薄雾。

没有了毒气的威胁，现在又面临着持续不断的来复枪射击正疯狂地穿梭在战壕上空，接着又是更多的爆炸声。我现在眼泪和鼻涕直流，也开始流血，分不清到底是自己的血，还是我脚下肢体残缺的伤员的。我不停地感到反胃，但总算是忍住没有吐出来。我本能地把手伸向一个丢在泥土里的头盔，觉得它或许可以保护我的头不受子弹的伤害，但当我把它捡起来要戴上时，某个可怜家伙腐烂的脑袋从里面滑出掉到我的靴子上，留下一个永远卡在里面的头盖骨。这简直太惊悚了，我吓得赶紧把它扔到一边，像受惊的动物一样尖叫起来。

不管爬出这个战壕有多么危险,我都要赶快离开这里,惊吓给了我动力。我知道我要找的人就在附近了，所以如果能再次看到坦克的话，可能就会发现中校。毕竟，这是我出来的目的。于是我振作起来，奋力爬上了壕沟。一阵猛攻带来的烟像浓雾一样厚，更加剧了黑暗，使一切都变得令人窒息。但我集中精力寻找辨别里德中校的坦克。

当我探出头向战壕外一望，看到正有一个士兵躺在淤泥中盯着我，他眼睛张开，和我的脸之间只有一个巴掌大的距离，我以为他还活着，出于本能，惊慌失措地用拳头不停地打他的鼻子，我根本不知道自己还能被激发出这样

"最后一次从我嘴中啄食……我向头顶的天空中放飞了它。"

疯狂的暴力，但当我从他那扭曲的、毫无生气的表情中看出他只是另一个早已死去的德国兵时，才松了一口气，原来我打的是一具尸体！

我快要被吓死了，但立刻又完全投身到这一冲动行为的目标中。突然，在壕沟顶端，我看到有一侧已经塌陷了一些，这样就有了更好的视角，同时还能获得掩护，更幸运的是，一些微弱的晨光照了过来。它就在那儿……

就是这辆坦克，不会有错。侧翼上的标记和旗子都撕破了，但仍然可以看到。它陷在那里，离我只有几米远，倾斜着，吐着黑色的油渍，可怜巴巴地想再动起来。我决定不再等待，因为已经没有比这更好的时机了，于是我从战壕里爬出来，尽可能隐蔽地用下巴贴在潮湿的地面上往前爬。我已经不可能把身体再放低了，背包的重量几乎让我陷在泥里，也分不清自己是在尸体上还是被丢弃的坦克部件上爬行，还在为刚刚逃离的那一堆尸体而感到恶心。这个危险又可怕的乱局，比我能描述的还要糟糕。我本可以待在仓库里，为什么非要来这儿？

身处这么低的位置，根本看不清前面的情况，但根据之前的观察，可以确信我们的坦克已经把后面的铁丝网和支撑的铁杆都碾平了。他们一定已经做到了，至少我愿意这样相信。我好像已经爬了很久，生怕自己超过了坦克的位置。在确定里德中校那辆坦克侧翼的标记位置后，我以为再次看到了远处还能动弹的另一辆坦克，结果发现原来是距此大约十五米处从受损坦克顶部胡乱发射的掩护炮弹。这样毫无意义的虚张声势会要了我的命，却能为里德赢得一些宝贵的时间。我正吓得僵住，但一看到被困的坦克，就努力设法爬上它的一侧，用包里抽出来的工具使劲敲它的门，同时对里德大喊，让他收油门，别把引擎冲坏。里德简直在自毁。此时门打开了，他显然是听到了喧闹声，甚至可能听到了我的声音。接着，我看到里德眼睛里充满惊恐，他从坦克门的狭窄缝隙中看到了我。这绝不是一场令人欢欣的重逢。

他喊道："滚回营地去，你这该死的白痴！你来这儿做什么？"还没等他再说话，又一声轰鸣在我们头顶响起，坦克门砰地一声关上了，里德摔倒在里面。

那一刻我想："活该，这个忘恩负义的混蛋。"

但我还得继续，不能冒着生命危险一路过来又半途而废。我从坦克上滑下来，绕着周围爬了一圈，想看看到底是什么拦住了这个钢铁巨兽。天色越来越亮，我不敢再动，但是想想自己并没有什么后顾之忧。谢天谢地，他终于按我的建议收油门了，我看到自己来到这里确实起了一些作用。空中充满了机关枪的响声，声音轰鸣上天以后，现在以更快的速度落下，像冰雹一样，从坦克的外壳上又弹射到地面。我不想理会，但它们弹射在我周围，只要我总是俯身掩护自己，就别想好好查看情况。虽然收了油门，但有一侧下面的泥浆里依然涌出沉重的残余浓烟。坦克倾斜成一个奇怪的角度，所以根本动弹不得。几乎可以嗅到周围有敌人的气息，到处弥漫着刺鼻的味道，再加上附近一颗照明弹落在泥土和草丛里，还在嘶嘶地冒着余烟，我依旧努力寻找着，但就是找不到哪里遭到损坏。就在这时，我发现了！

"该死的！"我喊道，原来是一个被压扁的链条钩卡住了履带，怪不得再多油门都无法让这头巨兽前进，卡死了肯定不行啊。我飞快地把背包扔在地上，赶紧从里面掏出一个撬棍和一个短小却很重的金属锤。

"这样就应该行了。"

我把撬棍塞进履带盘缝隙里时大叫了起来，因为掀下来几个指甲，但我依然继续用力，想楔在受损的履带后面，用锤子把它敲回正位。我已经对疼痛感产生了免疫，但从右手不断渗出的鲜血总让我的手打滑握不住。只要来一次关键的冲力就可以撬出来，但那就真得用尽我全身的力气了。不知从哪里飘来一团黎明的浓雾，我告诉自己，现在敌军狙击手看不到我，要勇敢地留在原地。但愿中校能让引擎再空转几秒钟，他真是个没耐心的家伙。为了这最好的机会，我倾尽全部气力。两脚放在履带一侧，双腿弯曲，身体后倾，把撬棍放在被卡住的金属下面，然后开始用尽全身力气慢慢伸直双腿，打算用自己的全部重量来平衡，不让自己滑到下面的底盘里。这时我的左腿感到一阵剧痛，小臂也疼痛难忍。我一点力气都没有了。

我记得的最后一件事，是一阵巨大的爆裂声从坦克底盘发出，然后我手里拿着工具，跟跟跄跄地向后倒去，头重重地撞在一个很硬的东西上。我一定是要掉落在身后的某个悬崖下，但我并不知道是在哪儿，也不知道自己是否中了弹。那一刻，我只是感觉自己像慢动作一样缓缓地向后下坠。有那么一瞬间，我可能还有些许的庆幸，一切就要戏剧性地、突然地结束了，不管结局如何。

最后我听到的是里德踩油门的声音，当我抬起头时，勉强看到坦克又开始动了……然后我就昏了过去。

第十一章
心　碎

等我醒过来时，已经身在伤员救助站，因为后脑勺上有一道很严重的伤口。本来想尝试抬抬胳膊去感受一下，但我做不到，因为双手被紧紧地绑住，根本无法动弹，就像瘫痪了一样。有段时间，我什么也记不得，这很让人紧张，估计应该是摔倒后的头部撞击导致的，所以我很想知道接下来会怎样。浑身上下也酸痛得不行，就像在拳击台上打过好几个回合似的。

很快我就了解到，原来是前线的两个英国兵冒着生命危险，把我拖到最近的堑壕里，要不是他们，我今天肯定不会在这里了。

我跟一位给我处理伤口的护士攀谈了起来，她说话有点儿冷淡，但人很好。关于发生了什么，她讲得有些混乱，大概是说，我们中校已经安全返回了，但掩护他的最后那辆坦克被击垮，里面的所有人不是中弹身亡就是被俘。我不确定自己是否成了所谓的英雄，救了我的士兵似乎已准备好接受嘉奖了，里德中校当然也安然无恙地回到坦克基地，我敢肯定这帮英国佬又该吹嘘他们怎样成功地直捣德军防线，虽然我十分清楚他们其实行进得并不远，而且他们的英勇行为也没能取得什么实质性的收获。我都亲眼见过了。

当坦克库的中国劳工们来探访时，我特别高兴，他们来的那天早晨，真是把我当成英雄了。我能回忆起更多的事来，对伤情坦然了很多，感觉自己就像是卖座电影大片里正在复苏的战斗英雄一样。其实我们坦克库的中国劳工团队也都是英雄，能在一个晚上的时间里集中赶工让四辆坦克都运转起来，简直是个奇迹，里德不可能不清楚。

我难受了好几个星期，真是煎熬，但最可怕的是精神上的折磨。虽然总算是恢复了记忆，但接踵而来的却是心灵的创伤。睡梦中总是不断闪过那些怪异的往事，周围病床的英国兵对我夜里做梦时不停喊叫很是生气，但我实在没办法。

不用理他们。这帮人的态度实在让人震惊，大部分人都很高兴能离开前线，吹嘘着负伤是在战争中生存下来的最好方式，而因伤退伍就成了最棒的结果。

我却想赶快康复，离开医院，回到我的基地，盼望知道大家的真实想法，而且也想赶快给盛儿报平安，他要是听说我冲动的行为肯定会非常担心的。但我现在身负重伤困在这里，而且还从中央区被转移到滨海努瓦耶勒镇[1]医院。病区两侧挤满了各种各样的人，有的刚刚精神崩溃，现在又完全失去了知觉，有的则需要立即截肢才能渡过难关。这里也有不少同胞们，但他们大部分都受了重伤。我其实本应该被放在正规的军队医院病房里，但却没有，不知是什么原因。总之，这儿是专门为我们中国劳工准备的，我很感恩。我不再为自己的病情担忧，但却开始常常为同伴们的身体状况感到沮丧。很庆幸我在康复，而且完全没有细菌感染，更不用说坏疽了，在伤员救助站不那么忙碌的时候，我的伤口已经被多次治疗并缝合了。真感谢一线的护士，她们非常敬业，对伤员一视同仁，这让我感到很温暖。

医院里的日子过得太慢，有太多的空闲时间，我的脑子里就开始翻腾各种噩梦般的想法，回忆起很多年轻时曾让我纠结又把我搞乱的各种事情。虽然离营地有一段距离，但大家依旧热情不断地来探访我，估计我们坦克组一直尽

---

[1] 滨海努瓦耶勒镇（Noyelles-sur-Mer），地处法国北部，位于上法兰西大区索姆省的海滨，面对英吉利海峡。

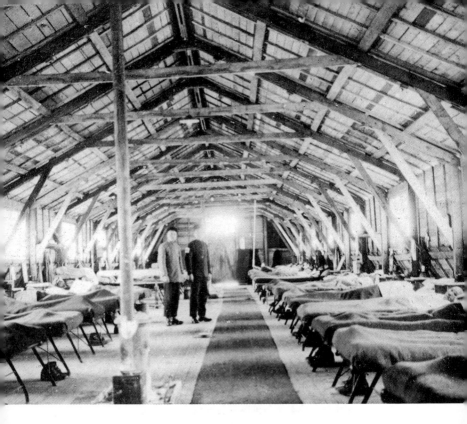

"……从中央区被转移到滨海努瓦耶勒镇医院。病区两侧挤满了各种各样的人……"

其所能地宣传我怎样英勇地救了中校的性命。我很清楚，他当时就是一个活靶子，无论用多大的蛮力踩油门，坦克也不可能发动起来，但只有我知道这一点。他能活下来确实是因为我的营救，但有多少人会这么看呢？

后来又开始听到一些传闻，说我可能要接受纪律处分。

这真的吓了我一跳，很让人生气，我知道自己违反了规定，但我毕竟把里德从一场注定要发生的灾难里救了出来啊。这肯定是谣言。我立刻弃绝了心里的恐惧，但又想到，如果完全让中国劳工同胞们帮我维护声誉，可能还是不能避免我陷入麻烦，因为他们的语言能力帮不上忙。这些担忧在我脑海里萦绕，让人难以入睡，貌似并没有什么方法能控制我的焦虑，我尝试了各种办法，反而越来越糟，只希望和当地人闲聊些家长里短能稍有帮助。好心的护士们不停地安慰我，有一两个英国伤兵也充分肯定了我的勇气，但这样的英国兵只有少数几个，而且我知道他们一旦回到岗位，肯定就沉默不言了。

我渐渐开始时常盗汗，睡眠也出现严重障碍。当康复到可以出门闲逛的时候，我就请一位劳工帮忙给盛儿带话，告诉他我受伤了（不知盛儿听说了没有），也告诉他别为我担心，因为我马上就痊愈，根本不会有死亡的危险，也不用把我送回国内。但我依旧觉得虚弱，也很为自己难过，思绪不自觉地飘到了故乡，那些旧时光就是我的避难所，是让我心得安慰的灵丹妙药。我实在是很渴望唯一的亲人盛儿的陪伴，现在有了大把的时间，便经常沉浸在过去与盛儿一起在山东的美好回忆里。突然，我想起母亲送的青玉护身符，顿时慌了神，担心在前线坦克那边把它搞丢了，口袋里竟然真的没有，正当我忍着疼痛，用还在恢复中的手费力伸到背包最后一个可能的口袋里空荡荡的深处时，突然发现它像嘲笑我的佛陀一般，正坐在桌子上我的物品中间盯着我看，仿佛一直在忠实地等我想起它的存在，我像个乖孩子一样拿起它，感到如释重负。我活了下来，所以，这个小物件还真是我的幸运符，这点我从没怀疑过。我就这么拿着它，都能把我带入母亲的安抚中，就像哭闹的孩子听到摇篮曲就安静下来一般。

直到精神平稳下来之后，我才明白为什么说这家医院很有中式风格，我以前并没听说。其实我的听觉这次也出了问题，但幸运的是，很快就恢复了正常。楼里不知什么地方，总传来鸟儿的歌唱。可是这怎么可能呢？旁边的一位病友看到我满脸困惑，就开始到处寻找。他说是金丝雀的叫声。这谁能相信呢？实际上，确实有人把一些小鸟带到医院，大概是为了让我们能心情舒畅以便更快地康复，我好像确实听说过需要金丝雀来测试空气质量。于是我又想起我的那只小鸟，希望它现在在一个很安全的地方，并且过得比我好。

令人惊讶的是，听说这家医院的领导允许在附近修建一座木制的宝塔，塔上有明显的中国装饰。所以讽刺的是，虽然我们的身体状况在这里一塌糊涂，但有时感觉就像回到了家乡。当我想到这一点时，可能都会高兴得哭起来。这里和我们在营地工作时不同，在这里我们至少被当成人来对待。

我的口信终于传给盛儿了，没过几天他就来看望我。由于距离太远，他设法博得同情，从工厂弄到了一张特别通行证。能见到我最好的朋友真是太棒了，他也特别特别想念我。再次的相聚，就算没让我精神彻底恢复，也肯定是大大加速了痊愈过程。他偷偷塞给我一个用布包着的礼物。我小心翼翼地打开，简直棒极了——盛儿用他那令人羡慕的技艺，把坦克外壳的一部分做成了一把精巧的黄铜小刀，外观和手感俱佳！

"看，你现在不用下床都能打仗了，"盛儿开玩笑说，看到我情绪激动，他也哭了。

和以前一样，他岔开让我痛苦的话题，故意逗我，让我笑得身上都疼了。希望他别这样，我现在身体状况很糟，大笑起来很不舒服。

盛儿看着护士，低声对我说："天呐，杨，你这样可不行，难道这是能让女人接近自己的唯一方式吗？你是太饥渴了还是怎么着？"

我们的谈话总是这么轻松愉快！但玩笑归玩笑，随后盛儿向我透露，虽然小镇上的当地人还有每一位中国劳工都把我当成英雄，我们坦克组也成了最佳小组，但是英军指挥官们却要找我的麻烦，他们中间可没有人成为英雄。当盛儿不再压抑自己的情感时，才放下了伪装。

"你怎么这么傻，你会被炸成碎片的。"盛儿一边骂我，一边在病床上再次抱紧我。他的眼里充满泪水，但我能看出来他还有什么话没说。他的内心极其痛苦，我能感受得到，我太了解他了。

"到底怎么了，盛儿？我看得出来你很担忧，一定还有别的事儿你没告诉我，对吗？"

最后他终于说了。有传言称，军事法庭正在考虑是否要对我采取行动，我是否会被判死刑现在还很难说。

"什么？！我他妈冒着生命危险去救中校……太荒唐了，盛儿你一定是弄错了吧？"我简直要气炸了，直挺挺地坐在那里，紧握双拳，肾上腺素直冲头顶，盖过了一切疼痛感。

但我越追问盛儿，就越发意识到，一旦出了院，我会

"……这家医院的领导允许在附近修建一座木制的宝塔……"

有大麻烦。我已经付上了全部代价，就为能在英国佬当中获得一席之地，如今不得不面对一个可能会把我扭曲得愤世嫉俗的事实。我并不是唯一的受害者。不管我们这些"中国佬"多么努力，哪怕是在职责外尽力去证明自己，都会被一堵无情的偏见之墙阻挡在门外。如果他们真要这样判决，我可就真不期待得到什么认可了。我真是傻得透顶，就为了得到赞赏这渺茫的希望，竟不惜一切代价？真是蠢到家了！早该猜到英国人得守住他们的底线继续撒谎，说我们只是普通的非战斗人员，所做的一切都得到了丰厚的报酬。我们只是这样的身份而已。

盛儿要离开时，我叫住他，给他指了指医院楼道尽头那些金丝雀笼子，他朝我笑了笑，并且自鸣得意地低声说："我都知道了，表哥，我已经替你喂过它们啦，你安心躺着，让它们也休息一下吧。"

出院的时间终于到了，但在我还没来得及起身回营地之前，有两个面色阴沉的准尉出现在医院里，当场逮捕了我。

所以盛儿说对了，而且他可能还有没敢告诉我的话，因为不想一下子对我打击太大。所有关于我怎样被奉为英雄的那些传言，简直是无稽之谈。

还没等我反应过来，就被严厉又冷酷的军官带走了，此时我依然裹着绷带，看上去很吓人。在这正需要巧舌如簧的时刻，我却因为不敢相信发生的一切而头脑麻木了。

之前，大家都认为我在这些英国军官眼里，算是名声不错的优秀者，但现在，我却站在这里等候到模拟法庭上接受严厉问询，因为违反了非战斗人员的所有规定。

我太吃惊了，以至于根本无法振作起来，当我要为自己辩护时，惊慌失措地说不出话来，但其实也并没有什么机会为自己辩护，依然带着荒谬可笑的乐观，希望在这个折磨人的过程结束时，能得到一句小小的感谢，感谢我救了指挥官，感谢我的勇气。但根本没有，我竟愚蠢地盼望着最后一切都能有所改变，这也很恰当地总结了我对整场战争的错误期待，为了获得认可，我放弃了一切，结果呢，现在看看我的下场吧。幸好关于军事法庭审判的威胁仍然只是个威胁而已，正如负责纪律审查的指挥官总结的那样：

"杨，你真是个大傻瓜……你和其他人一样只是个卖苦力的，签的是劳工合同，所以从现在起，你赶紧滚回坦克库，继续干你该干的活。"

我觉得自己就像一粒尘埃，从没想到在英国的法庭上，法官会这样对被告说话，但确实在战场上也没什么真正的规矩，只有暴民的条例。所以我最终因为自己承担了远远超出工作范围的职责而付出了羞辱性的代价，也受到了粗暴的指责。

这些军官只是想羞辱我，恐吓我，但还是起了作用。没被送到刑场，让我松了一口气，但他们不能以这种残暴的方式在我内心深处留下永久的伤痕！我很震惊，信心也严重受挫，真是个彻头彻尾的傻瓜，以为像我这样的中国人，只要付出所有的努力和决心，就可以冲破营垒，得到应得的感激。我痛苦地想到，就连吉卜林笔下的贡加·丁[1]都因为殷勤与忠诚而获得了最终认可。

这一刻，我体会到父亲那天站在我们面前时的感受，他被指控有罪，他的愚蠢行径也在大家面前暴露无遗，只能完全听任他的债主摆布。我偷偷地流起眼泪，因为意识到他过去那些肤浅的装腔作势，以及他想获得认可与地位的各种徒劳的抱负，正如圣经里提到的"罪的遗传"。但是，如果我也犯了同样的错误，也沉迷于得到名誉以换取人群的接受，那至少我只是背叛了自己，而非别人。

---

[1] 贡加·丁（Gunga Din），英国诺贝尔文学奖获得者吉卜林的诗作中的人物。在诗中，他是一个救了英国士兵性命的印度仆人。

过了几个月，我才恢复到以前的状态。我仍然被分派到坦克仓库，带领我们坦克组的人，但氛围已经很不一样了，我也像变了个人似的。我在中式医院接受的特殊治疗，以及被免于军事法庭的严厉审判，使我的烦恼终于消散了。同伴们和我一样沮丧，因为大家的努力竟被认为是理所当然的，一切也已经成了过去。尽管如此，他们还是让我很宽心，我与他们的关系也更近了。这是一件很了不起的事。然而，大家依旧像奴隶一样干活，战争也仍在无休止地进行着。

所以，当盛儿告诉我，他们工厂附近要举行一次社交聚会时，我毫不犹豫地就答应参加了。

* * *

自从很久以前，我一瘸一拐地从那趟可恶的运输火车上走下来以后，从来没有在法国参加过这样的聚会。在工厂后面某个临时搭起的棚子里，举办工人社交活动，在我看来就像是军官级别的舞会一样。几个月来，我内心第一次感受到喜悦的火花。我很吃惊地发现，在这样一个有限的空间里，竟然被急切又喧闹的人群挤得水泄不通。

花了好一会儿，我才挤过拥挤的人群，看到盛儿。这样的聚会太棒了，现在我已经康复，就可以好好地享受其中。在经过这几次可怕的悲剧后，更让我认识到，最好的朋友——我的表弟盛儿——对我来说有多么重要。没有什么比跌入谷底更能让人懂得珍惜了。

"杨，你这个疯子，干得漂亮！"盛儿给了我一个大大的拥抱，然后在人群的喧嚷中高声喊着说，"你很可能送命的……但是你逃过了这一劫，也没有上军事法庭。"突然，盛儿的同事们向其他工人大喊，说他的英雄表哥杨来了。直到这时我才知道，在当地法国人和工厂工人中，我真成了他们的英雄，这肯定要归功于盛儿的传播。太疯狂了，几分钟以后，消息就传开，说他们的"明星"就在这里。令我惊讶的是，我突然发现自己被一群喧闹的工人包围起来，大部分都是年轻女性，她们都喊着问我关于营救指挥官的英勇事迹——已经成为坊间传说了。

"你疯了吧？都快把我变成这里的神了，"我向盛儿吼道。当我被团团围住时，他看到我脸上妥协的表情，大笑起来。他很喜欢这样，其实不得不承认，我也喜欢。

我终于得到了人们的认可，这是多么令人欣慰的事啊，虽然这里没有一个人身居高位，而且还是盛儿把事情闹得沸沸扬扬，但我依然陶醉在每一句赞扬中，为自己能得到这样小小的怜悯而感恩。

"管他呢。"我对盛儿喊道。随他们吧，让我也享受一下在陌生人中声名鹊起的喜悦。

从来到这里的那一刻起，那种作为无名小卒的压抑感就完全消失了，我被这一切的喧嚣弄得飘飘然起来。要是现在我那可怜的父亲能看到就好了。

但在这个欢乐的时刻，我还并不知道人生这部剧本的真正高潮正向我走来，毫无征兆，可能因为我身在舞台正中的聚光灯下，如同山东城里老戏台上的男主角一样。当我在喧闹的人群中被推来推去时，刚好看到其他工人把盛儿挤了出去，又鱼贯而入向我涌来，要和我说话。太多次的握手与狂轰滥炸般的喊叫，最后都混成了一片。

我抓起递到面前的酒，赶紧灌进几杯，以免洒在衣服上，这味道很像烈性的威士忌，令人头晕得厉害。现在我完全成了大家狂热中的唯一焦点，盛儿被挤出去，不见踪影了，我的周围都是陌生人，惊奇的是，他们中大部分都是年轻的法国姑娘。难道真的到了天堂吗？

正当胃里奇怪地翻腾时，我突然感到一阵恶心。在近似发疯的狂热中，我焦虑不安的目光越过喊叫、推搡又不断抛出问题的人群，突然落到了麦格丽诱人的笑脸上。

她就在那儿，正对着我，仿佛天堂的幻影。我如同吃了起死回生丹，头脑极度亢奋，整个身心都被她完全迷惑住，从那一刻起，我就把其他一切都抛在了脑后，混乱中，我的所有注意力完完全全地集中到麦格丽的身上。

我怔住了，完全搞不清她是如何出现在我面前的，根本没想到，肯定是不知不觉中慢慢向我走来，幸好那时候盛儿已经不在场。我俩面对面站着，彼此间只有一只手掌的距离，我甚至能感受到她呼吸的温暖，我的腿开始发软。她向我表示祝贺，那温柔的法语音调穿过喧嚣，像水上的羽毛一样漂过来。当我正想仔细听清她说的是什么时，我们被人群挤到了一起，随后，没有一丝停顿，也没有谁先主动，就热情地拥吻在一起。这一吻，永远地改变了我的人生。

我以前从未如此彻底放纵过自己的情感。有如时光凝固于旋风的环绕中，我被狂喜与盲目的恐惧包围了，这两种感觉的交汇几乎要夺走人的灵魂。尽管这是我梦寐以求的，其冲击力也仍然如晴天霹雳一般，让人战栗胆寒。曾经一想到盛儿若是试图接近麦格丽，我就会满心担忧他会有什么危险，可如今我自己却已经越界太多，而且还是身处在拥挤的人群中间。

而且情况变得更糟了。我猜，促使我更进一步行动的，是我体内每一种本能都在相信着，这种罪恶感和被迷惑的状态一定是麦格丽也一直希望的，并且她知道这是我也希望的，所以我们有了不可避免的相遇，最后被人群挤到一起。不需要预先计划，不需要暗中传递消息，不需要笨拙地努力向对方争取见面的机会，一切都那么自然而然，就像现在我们开始奋不顾身地要离开棚子一样。毫无悬念，我们一起往外走，带着些许尴尬，穿过拥挤的人群，将彼此紧握着的手藏在身后，只让他们看到我们欢喜的脸。所以大家并不知道我们的手牵在一起，依旧只把我当作关注的焦点，周围不断听到欢呼与赞扬的声音，这一路仿佛没有尽头，每一步都迈得那么笨拙，缓慢得让人痛苦。我就像今日的摇滚明星一样，被人群吹着口哨喝彩，呼声此起彼伏。

当我沉浸在这一切中，并用全力抓紧麦格丽时，突然恍然大悟，更加确认了之前曾得出的一个结论。现在我完全相信，麦格丽把我看作一位身着闪亮铠甲的骑士，在战场上将指挥官从死亡中拯救出来，并作为一个奇迹般的幸存者英勇凯旋，投入到仰慕自己的年轻姑娘的怀抱中。对她来说，这就像一部浪漫小说的完美结局。毫无疑问，在某种程度上，我成了代替她那位失联情人的英雄。纯粹的幻想如今成为了现实。

我双脚机械地迈着步子，麦格丽的手在我手中细微地颤动，不可否认地预示着我们将走到一起。这是我从未经历过的。无情的血流和酒精一齐涌入胸膛，仿佛心脏都快承受不住了。

之后，我们像冲出的香槟酒瓶塞一样，从拥挤的棚子中飞了出来，奔向外面的寒冷，也就是我们偷尝禁果的犯罪现场。这是肯定的。如此充满诱惑的邂逅，难道还能以别的方式结束吗？没说太多的话，我俩就奋力逃离了里面沉闷的狂欢人群，再次拥抱在一起，像夜空中闪烁的两片树叶一样颤抖着。我们倒在地上，急切地摸索着衣服上的纽扣。我疯狂地到处亲吻着她；而她用身体的柔软和芳香淹没了我。虽然我曾有过亲密的体验，但从来没有过如此强烈的感觉，全身都因为激动而紧张，无法自拔地沦陷了。我们一遍遍深情地亲吻，然后，当衣服被随意丢到一边时，我们的身体终于彻底交缠在一起。

何等令人陶醉。简单、优雅又让人沉迷。这就是我梦寐以求的，在她身上找到了对我的鼓励，既有一种奋不顾身之感，又有深沉的爱恋。我希望这一刻永远持续下去。我体内每一丝痛苦的痕迹都消失了，被遗忘了。不再寒冷，不再痛苦，除了我们奋力的喘息声以外，我什么也听不到。

＊　＊　＊

不知在黑暗中过了多久，或许有五分钟，也可能是二十分钟，当激情和爱的余波平息下来，夜晚的寒冷又使我们回到了现实，随着它的魔力全部消失，将我们释放回来，就必须迅速恢复理智。我们都很清楚，即使不会受到惩罚，肯定也会遭到质疑，所以从现在起，我们要把一切完全隐藏起来。

在回到拥挤的聚会之前，我不得不劝麦格丽不要告诉任何人，尤其是我亲爱的表弟，盛儿。当我说到如果我的表弟知道了会很伤心时，麦格丽在我面前狂笑起来。当然，她的反应也合情合理，因为她完全不知道盛儿对她有任何浪漫的想法，而且也从来没有多看过盛儿几眼，正如我之前猜到的那样。不过，此刻提到他确实不太明智。但她对盛儿这么直截了当的拒绝，丝毫没有减轻我良心的不安。我背叛了他。在我心里毫无疑问就是这样想的，盛儿肯定也会这样认为，如果他听到任何风声，肯定会气炸的。报应啊！我们的友谊就要毁了。

麦格丽感受到我的痛苦，不再笑我说的话，她赞同我应该谨慎些，这样显然对她也有好处。"好吧，好吧。"她用美丽而温柔的法语安慰我。我们又简单地聊了一会儿，我有些问题想问她，正如她也有问题要问我。时间不多，我们要面对真正的危机了，然后，我在慌乱中求她给我些安慰，告诉我她还没有爱上我，我没多思考就说了出来。之前那么担忧盛儿的安全，现在却提出如此荒唐可笑的问题。我没有透露任何听到的事，她却提起她的未婚夫，这让我的情绪有些低落，但她又安慰我，说她早就对他是否还活着不抱什么希望了，因为已经好几个月都没有他的任何音信。

"别担心，亲爱的，先别担心。我想要的是你，只有你。"

她的话给了我一些安慰，但仍有不安的感觉冒出，越回到现实中，恐惧在我内心就尖叫得越响。我开始极度担心会被人看到，现在大家已经将我当作所谓的"名人"，流言会爆炸式地传开，我们分头回到狂欢的聚会中，仿佛什么事也没发生过。

然后我就找不到她了。

* * *

在那之后我们又见过很多次，但总没有我期望得那样频繁，当然肯定不会在工厂附近。我也尽量避免见到盛儿，不安的良心实在是折磨人。盛儿那么了解我，我怕只要我们俩一谈及麦格丽，我的表情一定会露馅。好在麦格丽遵守了她的诺言，尽管发生了这样的事，还有一群疯狂的年轻姑娘围着我，但后来没人提到我可能会和谁有恋爱关系。我也开始意识到，这个改变命运的社交聚会的确是非常罕见的场合：工厂的官员能允许举办这样的活动，而且当时交战双方敌对的状态刚好出现了缓和，从而为聚会创造了条件，这是个奇迹。

然而奇怪的是，我很快意识到，如果人陷入深深的迷恋与欢愉中，就永远不会得到完全的满足。我与麦格丽也是这样，令人兴奋，又不确定，随着在一起的时光消逝，却让我想要的更多。我已经被从未有过的经历唤醒，又发现没有它将使我无法生存。我很确定的是，麦格丽对与我的关系完全不后悔，这一点我很确信。最终我也设法摒弃了对她未婚夫的恐惧感，将其抛在脑后，既然麦格丽都没有再提起这个话题，我总这样想也不太明智，至少现在不合适。

我们的见面只能断断续续的，但总能有机会亲密一番。我告诉她我爱她，不能没有她，但她每次都简短地答道："我知道，亲爱的，我知道。"然而最糟糕的是，不管我怎样巧妙地试图岔开话题，盛儿依旧继续着对麦格丽的幻想。无论从情感上还是身体上，我都被完全地吸引住了，麦格丽没有一刻不占据着我的脑海，让我失去了理智。但我也很清楚，和我的愧疚感相比，对盛儿接近麦格丽的担心，根本算不得什么。此外，尽管我仍然受到朋友们和当地法国人的尊敬，但对英军来说，我依旧算是个留待查看的人。虽然只是个很小的偏差，但我已经被记录在案，更不用说与麦格丽的关系，也是可能让我被处以极刑的。可我已然陷得太深，这种危机已经无法动摇我了。我不能放弃她，也不会放弃她的。

尽管我并不情愿对她的未婚夫这个话题闭口不谈，但随着时间的推移，曾经的恐惧与不安依旧在加剧，我也急切地需要她的肯定与安慰。

"麦格丽，亲爱的，为什么你还要冒这么大的风险来看我？你和这个爱你的中国傻小子在一起不感到羞耻吗？"

我肯定听起来很可怜。麦格丽心里完全没有任何偏见，她从所有人中选择了我，并不在乎我是谁、我怎么样，但我就是没有自信去接受这一点。

"杨，请你千万不要这么说。我在你身边，对吧？只要我们愿意，就可以拥有彼此。"当我们做爱时，她会在我耳边低语安慰我，但我总是不能让自己感到绝对的放心。我太顽固了，不能接受安慰。所以我终于忍不住，非要再次提起她的未婚夫，但不管我怎么尝试，麦格丽就是不和我讨论这个话题。在我们交往之初，她就回答了我，并要我放下这个担忧，而且坚决拒绝再提起他。所以麦格丽留下我一个人为自己脆弱的情感和造成的混乱而烦恼。我猜，对麦格丽来说，现在既然身处人为制造的战争舞台，就并非一个适合陷入深度思考的最佳时机。纯粹是环境把我们搅在一起，成就了让人难以置信的最美好的事，也令我能够体会到何等的幸福。这对麦格丽来说，似乎没什么问题，并且是很重要的决定。我心里明白，如果我总是用这话题纠缠，就有失去一切的危险。我们所处的这个冲突激烈的大环境，总把人们随机拆开，然而我仍是无法完全放心地拥有我视为珍宝的女人，只要她的未婚夫还有幸存的可能，她就永远不会属于我。

几个星期就这样缓慢又痛苦地过去了，我们见面的间隔似乎像是几个月那么漫长，分别的日子十分折磨人。现在坦克库周围的爆炸声根本吓不到我了，反而更像是能让我暂时从痛苦中转移注意力的机会。

* * *

有一天，我突然收到盛儿的字条，当我打开并看到上面写着"……速来……紧急……"时，心中立刻充满了恐惧。我早晚要因为麦格丽的事而去面对盛儿，但从来没有准备好，现在肯定是没有，但我知道不能再拖了。怀着惴惴不安又无可奈何的心，我打算利用下一个短暂的休假去见他。虽然自从我和麦格丽开始恋爱以后，就一直远离盛儿的工厂，但现在别无选择，只能过去。无论盛儿说什么，都得面对。我预计，将会有一场残酷的对峙。

极其讽刺的是，我竟然以这样的方式得知一个重大的消息。盛儿根本不是像我害怕的那样听说了我跟麦格丽的关系而要拧断我的脖子，我俩在外面见面时，他告诉我完全不同的事情。

"杨……杨！麦格丽她……"盛儿说话上气不接下气。我的心提了起来，紧张地准备好面对他接下来的话。

"什么？盛儿，怎么了？"我追问着，已经失去了冷静和自制力，"到底发生什么了？"此时我完全搞不懂他想要说什么。

就在我准备承受必将到来的一刻时，盛儿告诉我："麦格丽的未婚夫，那个失联的男人……在战场上牺牲了。刚刚有人告诉她了。"

　　我顿时怔住，说不出话来。他在说什么？我的喉咙发干，不管盛儿继续喋喋不休地说着什么，都在我头脑中成了一团乱麻，我一个字也没听进去。更让我吃惊的是，这竟然就是他要我来找他的原因，完全没有料到。究竟为什么盛儿得知了这一重要的消息，而我——她的恋人——却对此一无所知？我非常生气，但我克制住自己，也设法恢复了镇静，我必须如此，并且非常渴望能知道更多相关的消息，就仔细地继续听下去。

　　"杨，我最好的表兄，你看，我永远失去她了。她走了，再也见不到她了……"盛儿开始啜泣起来，完全没有意识到这最后一个致命的消息对我的影响。

　　我无法描述当时的恐惧。盛儿哭完，又转移了话题，我像失去理智一样打断他说："什么叫'她走了'？她失踪了？消失了？发生了什么？"我已经在崩溃的边缘，早就不管什么彬彬有礼了。

　　"我不知道，杨，完全不清楚……我估计她一定悲痛欲绝，所以辞掉工作回家了，没人知道，也没人告诉我。"

　　然后，我才恍然大悟，盛儿所说的话比任何榴弹都更致命地直击胸膛。我竟然曾愚蠢到自欺地认为她失去了未婚夫对我来说会是个好消息！之前那些挥之不去的关于他可能会死而复生并把麦格丽从我身边夺走的各种怀疑，顷刻之间都在他肯定永远都回不来的消息中灰飞烟灭了。然而，这本来对我应该是最好的消息，却变成彻底的摧毁，现实中的结局远比我想象的要悲惨得多。盛儿最后让我得知，这个未婚夫已经死了，麦格丽也消失了。就在那时，我抛开一切克制和谨慎，随着我明白了所有的实情，一股冲动从我内心爆发出来，我再也听不进盛儿的哭诉，说道："盛儿，盛儿，听着，听着，"我抓住表弟的肩膀，使劲地摇他，就像摇着手里的布娃娃一样，"麦格丽不是你该想念的姑娘，你这个大傻瓜啊。她根本不是你的宝贝……她是我的女人，是我的……我已经和她交往几个月了……盛儿，我们是恋人！"

真相爆出时，我们都僵住了。

盛儿的天真，加上我疯狂的举动，以及冷酷无情的话语，把他吓得目瞪口呆，他在惊恐中沉默了良久。我毫无保留地承认自己的罪过，就像用一把冰冷的匕首，刺进他的心脏，最后，他终于真正明白了我说的话。

我一辈子都不会忘记那个画面——可怕的事实、他那彻底绝望的神情、还有被我的坦白和背叛粉碎了的梦想……我最亲爱的朋友，除了我的母亲，他无疑是我孩提时代以来，生命中最重要的人，他茫然地望着我，如同我刚刚朝他的脑袋开了一枪。

盛儿走来，从我身边挤过去时，我听到他低声说了句"我真是个大傻瓜"，然后哽咽着大步向远处走去。

"我很抱歉，盛儿，事情就这样发生了，我阻止不了。我本来要告诉你的。"我这样劝他，但并没有说服力。当时我就知道一切都晚了。

他再也不会和我有任何联系了。

第十二章
消失的与消逝的

我究竟做了什么？

一切就这样结束了，不可能再糟了。那一天，我不仅失去了最好的朋友，也失去了一生的挚爱。麦格丽就这样莫名其妙地消失了，她的行踪被她的工作场所完全掩盖，我试图询问的人似乎都没听过她的名字，更不知道她从工厂离开的事了。我不可能再去找盛儿，而且更不能跟他谈及这个话题，所以，任何能告诉我真相的线索都被彻彻底底地掩埋了。

由于没有人知道我和麦格丽的关系，工厂里我想要询问的人都对我避而远之，就好像我是个癫狂的苦力，受到了一等公民或是残酷战争的排挤。我很快发现，厂里的同事和工人们出于嫉妒，无论在何种情况下，都要把这些年轻的法国姑娘保护起来，只有相关负责人才可能知道麦格丽的不幸遭遇以及她身在何处。而我又没办法接近那些负责的领导，根本不行。在这个地方与我有关的，只有那些我平时能接触到的人，或是坦克库的人，但他们在此毫无帮助。

我像一只无头苍蝇，生气又伤心地乱撞，把一切休假的时间都用来跑到工厂这里闲逛，试图跟每一个遇到的工人搭话，看看能否打听到麦格丽的消息，但一无所获。大家都认识我，所以肯定过不了多久，就会有人报告给坦克库，并会禁止我再来。经过几周的挫折后，我终于慢慢平复下来。

当时，由于心里充满了怀疑和愤怒，我无法入眠。不久后，工作也受到了影响。虽然里德中校对我的健康和精神状态也表现出一些关心，但他并没有放松严格的要求，也没有人真正在乎我为什么如此沮丧。因为战争还在继续，每个人都或多或少地由于精神上的痛苦而造成性格上发生一些变化。和别人比，我也没什么不一样的。他们把这叫成"战时抑郁"，每个人都以为是这个原因，要么就是轰炸所引起的恐慌。可他们哪会真正了解呢？

坦克库的队友们也看出来了，我已没有以往那种跟督查员打交道时的气势了，拿不出足够的证明，也没有丝毫意愿去表现出哪怕只是虚张声势的样子。怎么到了如此地步！我的英勇曾差点把自己送上了军事法庭，脆弱的意志又使我陷入一段最终断送了爱情与友谊的关系。真的好孤独啊！但又根本无法从中走出，如此沉重、无情的心痛简直无法形容。黑暗。绝望。看来这就是人们说的"抑郁"，原来它是这样的，如今我已经完全理解了。我再次想起了家乡，开始极度怀念那时的生活，想当然地过着简单、重复的日子。我已经对过往毫不在乎很久了，但现在却比任何时候都想要回到过去。内心伤痛是因为如今的孤独都是自己一手造成的，如果当时能一直远离麦格丽，让盛儿留在他的幻想中，现在也不会这么难过了。

　　最折磨我的原因，莫过于这一切的结果都是我自己造成的。我曾经给自己立了一条规矩，无论出于什么原因，都不给家里写信，更别提去寻求安慰了。在所有人中，只有我处在最有利的位置，能确保自己的信安全通过审查，可以发往目的地。我太需要那种心怀希望的感觉了。但是不行，自从被赶出家门，像奴隶一样被丢在英军招募部门时，就已经下定决心，现在怎能违背自己的誓言呢？如此一来，我就更加矛盾、更加沮丧了，因为我深知，和家里通信能给我带来何等宝贵的安慰，即使是漫无边际的流水账，也是最理想的治疗方式。我和家中的弟弟们有多久没联系了？这种想法开始不断地侵蚀我、折磨我，所以必须要想出一个妥协的办法。不能再伤害自己，尽管我一直觉得自己应该在悔恨中受惩罚，但如果还想像个正常人一样活下去，之前固执的决定就必须让步，哪怕只有一点点。

何况，我现在很需要母亲，一直都很在乎她，尽管我自私地决定要与过去一刀两断，但估计她一定在发疯似的想我。她在我生命中的位置是何等重要，她能真正地理解我。我怎么这么残忍？又不是母亲把我送到这里参加这场可怕的战争。啊，这战争现在已经摧毁了我最珍视的两段关系了！她爱我、保护我，我却成了这么冷酷无情的儿子。我伸手摸到那玉做的小人，在口袋里紧紧地抓住它。

所以，我想出了一个办法。我知道盛儿几乎不识字，他的家人也不指望能从他这里收到什么，所以我打算通过盛儿家给母亲寄封信。就算他们不识字，至少也能认出信封上我母亲的名字，而且，即使他们看到国外来的信件很兴奋，肯定也知道这信不是写给他们，而是给我家的。

幸好我负责审查所有寄出的信件，可以给母亲写一封简短的信，标注上由她亲启，写上盛儿家的地址。抱着微弱的希望，我想这样或许可行，而且这也是我能想到的最好的方法了，虽然也怀疑自己能否知道最后结果，但如果我能相信自己已经和生命中唯一可以完全信赖的人——我的母亲——取得了联系，她肯定会很欣慰，我悲伤的心也会好受一些，痛苦也能减轻点儿。

我潦草地写着，心里不由感到一丝喜悦。提起笔来，就像正在进行一场姗姗来迟的对话，所以就当是为了消遣和安慰自己。写下每个字时，都让我清晰地觉得母亲就好像站在我面前一样，何等令人愉悦！我多希望能再见到她，一起欢笑，像从前那样向她坦露心声，而不是这样用笔写下一切。不过，我用词还是小心翼翼的，以免她太过担心。但我也和她说，很奇妙地遇到了表弟盛儿，他很好，这样她也能给盛儿的家人报个平安。如果他们真能收到信，肯定都会特别激动、开心，但他们永远不会了解背后的细节。母亲肯定会纳闷，为什么这封私人信件没有直接寄给她，所以我解释道，这是为了让信件能亲自转交到她手里，而不是给我那可怕的父亲大人，家里通常都是由他来拆开所有信件。鬼才知道他如果看到我的信会如何处理。撕毁？藏起来？……用不着想这些。我没有提到麦格丽，没有意义，但我知道，如果我提及母亲塞进我手里的那个玉做的护身符，她一定会很感动。我告诉她，它一直都在，也曾多次安慰了我的心。母亲读到这里肯定会露出笑容的。

"母亲，您当时在我耳边说的话很对，那护身符真的保佑了我。肯定是它让我这么幸运，能遇到盛儿，而且我们都还活着！"

我还编了一些别的笑话逗她，也告诉她我多么怀念以前一起欢笑的时光，安慰她说很快我就会回去，让她也不要担心。我说了谎，但那不重要，我只想联系上她，告诉她一切都好。她需要有人来安慰安慰。我流泪了，但又怕把未干的字迹弄脏，因为绝对不可以留下任何能看出我痛苦的痕迹，母亲眼很尖的。

我很羞愧因为自身原因把状态搞得如此低迷。振作起来之后，我把信封好，放进那个塞满通过审批的信件的口袋里，这批是要准备寄走的。我的信完好地夹在里面，这样就能顺利抵达盛儿家了。之后，看到载着我信件的邮政车驶出坦克库时，让我很欣慰。但最终的结果却是我没收到任何回音。也许终究是落入父亲那双可恶的手中了。

从那时起，折磨人的战争进展得更加缓慢了。"没有朋友，没有爱！"这句法语的哀嚎在我脑海中不断循环。又有几次的袭击波及到我们坦克仓库，把大多数人逼到了绝望的边缘。但全身心投入工作使我在精神上暂时脱离了痛苦。我们坦克小组像一台自动、高效的机器一样凝聚在一起，通过鼓励组员以及严格贯彻英军纪律，我赢得了基本的尊重。这对我来说帮助很大，甚至是事关生死的，因为每天能在严格要求下努力工作，是我唯一仅存的意义了。

但我依然对自己很失望，失去盛儿以后，竟然找不到一丝热情去维持与其他人的友谊，谁也比不上他，我们俩从童年时就互相了解。在坦克组员的眼里，我永远都是个孤立、超然的人。我在战场上曾英勇拯救了里德的事迹，很快就被大家遗忘，成为这场令人作呕的战争中、漫长痛苦的剧情里，一个早已远去的事件。从现在开始，对战友们有浅层的忠诚就可以了，但请别误会，当压力袭来，狠狠地击打我们，并把大家绑在一起时，不管我们愿不愿意面对困境，这种关系都是很宝贵的。无情的炮击、轰炸、大规模死亡、破坏……都成了很普通的事情，以至于任何习以为常的美好或幸福感都快被遗忘了。谁也不知道结局将会如何。我方的前线几个月以来都没什么进展，在势不可挡的敌人手中被迅速消耗着。

　　据我们中国劳工所知，目前这场大战成了"大惨败"。我们早已习惯了前线部队在进入最激烈、最焦灼的时刻，毫无办法地停滞，陷入疲惫不堪的状态，却被不知疲倦的攻击和随意的炮火打得遍体鳞伤，以至于我们看自己也如同真正的战士一样。尤其是那些战壕组的劳工们，深刻感受到自己和别人一样暴露于危险的枪林弹雨中，虽然我们实际上并没有武器。就算不会像别人那样负伤，也可能染上很难医治的战壕热病或是可怕的流感，甚至是无药可救的肺结核。这些该死的疾病可不长眼，无论你是哪国人，有怎样的身份——军官、其他军衔或是中国劳工——任何人都被致命的疾病一视同仁，最终遭受痛苦而死亡，无数人都是这样的命运。

至于我们的坦克，作为一种象征，以及阳刚力量的标志，确实起到了不小的作用，但时好时坏的进程似乎永远都抵不上破坏力量带来的各种徒劳以及灾难性的伤亡。然而，我们在坦克仓库里也做出了不小的贡献，所以早就成为出名的坦克组了。这些里德都清楚，其他重要的官员也是，但和往常一样，很少能听到一句赞扬，我们早就知道不要指望得到任何感谢。这里其实早应该被改名为"中国劳工旅坦克仓库"，因为事实就是如此。

只要还能让这些钢铁巨人继续运转，就不必担心它们的作用。经过这么久的操练，我们的技术已经相当娴熟了，但没有人得到任何嘉奖。

我的思维从未停止让自己陷入困扰，从未停止。奇怪的是，每当想起盛儿，总想到我们儿时的画面，而不是在法国这边重逢后的经历。我们在屋外跑来跑去，藏起来不让他父母找到……天真的日子似乎已经成了上辈子的事，却一直萦绕在我的脑海中。早该知道这样的生活美好得难以置信，美好得难以持久。怎能料到麦格丽会在这场野蛮的战乱中，选择一个像我这样的傻瓜，陷入闪电式的恋爱呢？我曾为此痴狂，为此苦恼，为此胡言乱语，最终又回到了理智的原点。我这才明白，未婚夫的死亡让麦格丽意识到，她真正爱的是那个可怜人。是的，这一定是她无故

"……之后，看到载着我信件的邮政车驶出坦克库时，让我很欣慰……"

消失的原因，到现在她也没有给过我任何关于她在哪儿、为什么消失的消息。我一定从她的脑海中被抹去了。也许她一旦得知其实还一直活着的未婚夫突然在战场上丧生，内心就充满了内疚。毫无疑问，正是这一打击让她最终选择离开。是的，就是这样。我说服自己这才是真正的原因，否则她肯定早就想尽办法联系我了。

在我看来，战争还在漫无目的地拖延着，不知道这一切有什么意义。虽然没有准确的数据，但无法想象的巨大损失天天都在发生，这已不是什么秘密。值得钦佩的是，指挥官们依然发挥着对英国兵以及对我们的优秀指挥能力，在绝境中展现出顽强的意志，而且仍然能鼓舞那些根本没有力量的人去战斗。但这些对我不起作用，也无法让我去追求更伟大的东西。我对这一切都不再关心，所有的激励也不起作用。所以，当有个能够平息劳工闹事的机会到来时，我并没有想要抓住，我已经失去了起初的抱负，陷入麻木。

当四个闹事的中国劳工受审时，我才意识到自己的漠然。有人告诉了我事情的原委，但我也没去插手。这件事确实极其恶劣，最好还是不要介入，不然肯定会相当麻烦。其中一名劳工曾找到一些酒，因为直属上司总是不停地嘲笑并戏弄他，所以他每次都借酒消愁。此前他面对无情的侮辱和蔑视时，三个同伴都会拉住他。后来，这三人也实在忍无可忍，决定要和他一起战斗，所以，当这人与那无礼的军官开始了野蛮的打斗时，另外三人也出手参与了。还有几个英国军官也来帮忙，结果都被臭揍了一顿。那第一个惹事的军官虽然鼻子被打坏，但他却用手痛苦地捂着肚子，挣扎着逃跑了，像是受了伤，发出呻吟声。情况不能再糟了……

这几人是我们当中最彪悍的，也是战壕组的领头，我以前就听说过。他们是地地道道的粗人，长相丑陋，出身贫寒，说着连我都听不大懂的粗俗方言。他们一直都很有自信，在工作时也是如此，但此时他们中的老大喝了酒，四个人早已丢了自己的派头。麻烦的是，喝醉的那位当时拿了一把刀，正当那个军官又开口侮辱时，他拔出刀，趁人不注意，突然捅进军官的肚子里，难怪围观的人都奇怪他为什么捂着自己的肚子。军官没爬出多远，很快就死了。

作为主要的翻译，我被要求去见这四个人，从他们这边了解些情况。我按要求去了，但这很残酷，我已经没有了同情，只能背对着他们。尽管听到他们在牢里对我撕心裂肺地大叫，想保住自己的性命，但我已无计可施了。

我并不惊讶，不久后他们的领头就被交给行刑队执行枪决，其他三人则被绑在了炮口上。我没有去观看行刑，我怎么可能会去呢？我已经见过有逃兵落入这样的下场，实在没有勇气再目睹如此残忍的暴行了。他们被反绑着手，用布袋套在头上，这真让人胃里一阵翻腾；甚至还能闻到罪犯在颤抖中顺着脚踝流出的尿液的气味，从衣服里直淌到地上；又听到套头布袋里发出被闷住的咆哮声……这样的场景，绝不是什么愉快的经历！英军指挥官们可能想知道那个被指控的中国人到底是怎么回事，但因为我不在，没人翻译，他们不得不在他临死前对他大喊大叫……

* * *

只有战壕组的几个劳工获准参加他简单的告别仪式。由于劳工们对遗体不能运回国内下葬表示出强烈抗议，所以被处决的男子的棺材只能先盖上米字旗，因为在法国并没有中国国旗，所以这位孤独的中国劳工，也就没能再激起大家为着他的灵魂能回到家乡入土为安而抗争。

　　"……我并不惊讶,不久后他们的领头就被交给行刑队执行枪决,
其他三人则被绑在了炮口上。"

"……被处决的男子的棺材只能先盖上米字旗……"

"只有战壕组的几个劳工获准参加他简单的告别仪式。"

＊ ＊ ＊

1919 年 3 月至 1920 年 9 月，滨海努瓦耶勒镇

战争结束了！终于结束了！对我来说就像是等了一辈子。然而，我又陷入了黑暗的低谷。虽然肯定也松了口气，但战乱过后，已经因为自己的所有损失与经历而放弃挣扎了。自从盛儿和麦格丽离开以后，我就一直维持着一种机械的生活方式，甚至又留起了头发，以抗议自己这种循规蹈矩的惯性。

但战争真的结束了吗？我身边大多数人也不敢相信。一直以来，人们承受了极大的痛苦，以致长久以来只知道战争，战时生活方式早已深入人心，无人能阻止。战争真的结束了！但接下来我能干什么呢？我已经变得腐朽、没有灵魂了，迫切需要有新的方向和目标。然而，和以往一样，命运再次决定了我的人生。把自己的未来交由命运摆布也不是一件坏事，反正我已不再依赖其他任何事物了。

听说法国方面正在争取和一些劳工签订新的战后合同。好消息是，其中比较好的职位在一开始时仅提供给中国的翻译们，而且现在我们与英国的合同已经正式到期了。对我来说实在是太理想了，总算有机会对我与英国人那段

可悲的过去说"滚蛋"了。作为留在法国为数不多的几个优秀翻译之一，我赶紧申请了一份与法国人签的新合同。我也没有别的选择了，早已决定自己哪儿也不去，而且现在有那么多思乡的中国劳工都想要赶快离开，这样就可以让我排得更靠前了。

果然，由于我对战胜的法国当局刻意表现得很积极，所以就得到了期望的结果，我将要在滨海努瓦耶勒镇，驻守于法国最大的中国劳工营地与墓地，还要负责为战争瘗葬委员会监督墓碑铭文雕刻与维修。我终于明白为什么需要翻译技能了，这都是很必要的，而且工作量庞大，正是我所期望的，我已经等不及想立刻就开始工作了。也许照管这些墓碑可以时刻提醒自己，能活着就是幸运的。希望我带着之前做机械工作的严谨态度，全力以赴进入现在这神圣的新职业，或许最后我能因此重整旗鼓，真正地振作起来。能开始这样想，就已经让我有了精气神。

在这期间，我又听说英军很快要给曾经服役的人颁发奖章，而且让我很惊讶的是，我们这些中国劳工也要参加胜利游行。所以在那一刻，我稍微兴奋了一下。但可笑的是，其中颁奖章的传言很快就被证实是谣传，我们最后得到的只有一些二流的"服务徽章"，而不是像英国人的那种青铜奖牌。但我也开玩笑说，至少这些徽章，是由英国政府派来执行任务的"金牌军官"为我们戴上的！虽然早就放弃了中国传统式的鞠躬之礼，而且我肯定不会再像个满怀感激、内心恭顺的中国男人那样在这里鞠躬，然而，身处游行队伍中，我几乎忍不住想要走到前面，故意鞠上一躬，像从小被家里教育的那样。或许这样能对他们给予讽刺，至少我身旁的同伴们能明白而且肯定会笑起来。但我没有这样做，而是在经过另一位翻译同事身边时，指了指自己制服上的徽章，又在他耳边说道："实在是侮辱。"他对我点头表示同意，然后，当我俩按照上级命令敬军礼，好像顺从的中国劳工时，故意一瘸一拐起来，这或多或少让我感觉好多了。多么虚伪的仪式，多么空洞无意义的表演，这就是为何我们要想尽各种方式来蔑视它。不晓得为什么我没有扔掉这徽章，我想，或许多年后，确实需要这样一种记忆来怀念战争中的同胞们，还有那些不幸倒在这里的乡亲们。这就足以让我明白其价值与意义了。

* * *

可以说，作为幸存者，我已经通过最后一搏，成功地达到了自己的目标，承蒙法国政府的好意，我可以继续留在这里，还签署了新的劳动合同，报酬也会用法国法郎直接支付给我。我父亲和他那可恶的债权人之间的债务关系，终于被打破了。我可以作为一个独立的人，过自己的生活，再也不用成为他的摇钱树了，他只能靠他自己。我的奴隶生活也结束了，不用再效忠英国。然而，即使到了此时，命运似乎依然决定要再给我一次无情的打击。难道我所经受的一切还不够惨重吗？

* * *

又是一个晴天霹雳。那天本是个平静又寻常的日子，我已习惯在公墓履行每天的职责，精神状态也渐渐好起来。看着这些安宁又有序的墓碑，是为着纪念过去而被树立，也使我心怀同情并得到了安慰。这就是它们伟大的意义。整齐对称的排列中带着残酷的美，逝去的生命归于虚空，只在石头上留下一行行迷宫般的文字，凝固于几十亩的土地上。无情又充满讽刺的是，只有在此处，在死亡中，我们才终于能获得同等的待遇，与一起服役的那些英国士兵拥有同样大小的纪念墓碑，虽然我们在这边并没有什么访客。

带着这种麻木的哲学思考，我开始按顺序检查同事在一周前负责的几块墓碑。随后，无意中发现的一块墓碑，让我的心彻底被撕碎了。是盛儿的!

这一巨大的打击把我拉回现实。我倒吸了一口气,实在不敢相信,努力保持平衡才能站稳,如同见到了鬼魂一般,我的脚步已不是自己的,只剩下躯壳里面的意识,跟跟跄跄地走向刻在上面的盛儿的名字。他是我最后的一根稻草啊!自从在山东分别以后,我就没能保护好表弟,他历尽艰难险阻一路来到法国,之后我又背叛了他,不仅如此,现在发现我也没能救他远离这场危险的战争。可是,我最好的朋友,怎么就在我毫不知情的时候死去了呢?我实在该遭报应。但究竟发生了什么呢?

虽然周围大多数人都知道我们闹翻了,但如果其他人知道这事,肯定不会故意隐瞒这个消息。我心烦意乱,却哭不出来,或许我们破裂的关系已切断了我内心的这种情绪。此刻我的反应和以往完全不同,残酷的事实没有击垮我,反而激怒了我,使我采取了自我保护的行动。我急切地四处询问发生了什么事,但最初我所了解到的说法是,一次意外的轰炸,导致工厂里一小群工人在休息时被炸死,盛儿可能就在其中。这似乎是唯一合理的解释。我既震惊又沮丧。可是能找到的线索和相关记录少之又少,关于中国劳工的信息就更少了,所以我不得不暂时接受这一原因。直到后来,一个偶然的机会,我才发现了可怕的真相当时，唐易找到盛儿，为了刁难我，利用盛儿对我的憎恨，先是轻而易举地就与盛儿交好，然后再把他引入歧途，鼓动他陷入疯狂又危险的追求。所以，盛儿的厄运不是由于自身的不幸，纯粹是我的死对头唐易一手策划的残酷阴谋！

好在唐易并不知道我和盛儿为什么疏远了，他进入我们破裂的友谊之中，很快就取代了我，并对毫不知情的可怜的盛儿产生了多方面的影响。毕竟，唐易已经为这个机会等了很久了，对他来说，能接近盛儿并把我排除在外，就已经是在精神上取胜了。

在不断的鼓动下，盛儿愚蠢地骑着唐易的马，和他进行赛马比赛，并押上了一笔很大的赌注，这一切都是他那可恶的"导师"祸害的，足以让他们俩受到不可想象的惩罚，因为未经允许就擅自使用了这些珍贵的马匹。然而，无论是主犯，还是倒霉的受害者盛儿，都没想到他们选择的路线直接将他们俩带入德军机枪的火力范围内。盛儿和两匹马都被打死了；唐易在治疗后，已被送回国内，在他的身上和脸上都留下了伴随一生的疤痕。

无论他经受了怎样的痛苦，我心里都感到极度的不公平：唐易竟然活了下来！他把我亲爱的表弟变成一个疯狂的人，来满足他自己对我的嫉妒！

看到盛儿的名字出现在墓碑上，而且还是在法国，总让人觉得太不真实了，就像一个残酷的玩笑。我的意识始终也无法承认自己清清楚楚看到的事实。我们已经分开了，断了联系，但我以为，至少工厂能成为表弟在仍然持续的战争中稳固又安全的避难所，而且他会比一直暴露在危险中的我幸运得多。可我大错特错了！可怜的盛儿早就把我给他的关于远离唐易的警告都抛到了脑后。这个傻瓜啊！一个脆弱的心灵就这样被愤怒冲昏了头脑！事实太让人伤心了！盛儿的家人得知这个消息时，一定像我的家人一样震惊。这类通知通常会不经审查就直接由北洋政府陆军部发出，或许这就是为什么我从来没有收到过从他家寄出的回信。由于痛苦可以如此迅速地扭曲一个人的思想，使震惊变为愤怒，所以我就这样被苦涩充满了内心，留下深深的愤世嫉俗的烙印。父亲那恶毒的形象再次闪现在脑海中，他肯定宁愿听到自己儿子的噩耗，而不是盛儿的，因为现在我的工资已经不再汇到他手里了，他肯定认为很倒霉。一想到他这是自作自受，反而让我感到了一些安慰。

尽管发生了这一切，我后来还是设法恢复了工作状态。像其他很多人一样，我也经常受到无穷无尽的悲惨事件的打击，现在已经不剩下什么能被伤得更深了。我又一次选择默默承受这一切，这是来法国以后屡试不爽的秘诀。我更加全身心地投入到工作中，认真检查并照看战友们的纪念墓碑，将自己的每一丝悲伤都转移到工作中，以此作为对失去的一切的严厉提醒，毕竟我是在查看这些墓碑时发现盛儿那座的，所以认真工作是对的，否则我可能还会在战争结束后忍不住去找他，可能怀着渺茫的希望，想得到他的原谅，到头来又会伤透了心。盛儿的悲剧命运更坚定了我的目标，真正让我下定了决心，要在这里永远受罪作为忏悔，我应该带着这样的心继续走下去，也应以此奠定我剩下人生的主基调。肯定不会再有什么挑战能改变这一点了。除了还算合理的工资，我的人生已经一无所有了。

　　然而又一出人意料的转折点，使这最后的救赎并没有按照我认为的方式在法国北部人迹稀少的墓地中继续下去。此处一排排逝去的同志们，如同当年出国前排队等待时一样，天真又兴奋地期待着要到某个遥远的地方，开始他们的非战斗事业，如今他们正光辉地闪耀着。

　　作为一个被重任压垮的灵魂，我根本不敢去梦想什么美好的事物，更不用说能有任何改变生活的礼遇了。

* * *

　　十月里一个宁静的傍晚，我几乎是独自一人在工作。

白昼越来越短，天边蒙上几缕绯红的云霞——谢天谢地，这已不再是映照的枪炮火光。沉思中，我来到一排靠中间的墓碑前，这些只是我漫漫余生要照料的众多墓碑中的一小排。

我现在已经非常专业，和往常一样，盯着镌刻有对逝去战友的敬意的每个字母，专心致志。所以，当远处出现幽灵般的一丝痕迹，又像是某个熟悉的轮廓爬进我的视线时，由于没有足够的确定性能捕捉到我的注意力，我并没有从工作中转移视线。

那依稀的轮廓逐渐清晰，就像暗室托盘里缓慢显影的照片一般，简单、微妙地在我视线的角落，让我慢慢发觉，就在这排墓碑尽头，有一个年轻女人的轮廓，没有走开，而是耐心地停留在那里,让我的潜意识暗自寻思了一阵后，终于成功地分散了我的注意力。我揉了揉眼，依旧例行公事一样，不急不慌地站起来，只是想看一下而已。我从上衣兜掏出一块软布，擦了擦眼镜，以便能看得更清楚。自从这项任务密集的工作占据了我之后，没有眼镜可不行。其实被人打断让我多少有点心烦，但还是戴上眼镜，眨了眨眼睛，再次向那个轮廓望去，在这一排的尽头，毫不醒目地站着，显然是正对着我。

直到那时，我才突然意识到了某种可能，啊，一阵眩晕袭来，仿佛有只小鸟扇着翅膀掠过头顶，带动微弱的气流，扬起了我几缕头发，又差点让我失去平衡。有些头晕，但我站稳了。看起来，仿佛就像麦格丽……但当然不会是她，怎么可能是她。我嘲笑着自己的愚蠢，不允许跟自己开这样的玩笑，但又不能否认这个想法……究竟是怎么回事？

没有别的办法，我开始慢慢朝那个人影走去，想要赶走这幻觉，拆穿这一骗局。然而我越靠近，就越是惊讶地开始确信了。然后，当我俩之间也就隔着十几座墓碑时，我已经能清楚看到她的微笑——她那不可能让人认错的、诱人的、独特的微笑，使我立刻辨认出来，虽然很早以前就已被我抛在脑后了。正是这个微笑，让我第一次看到时就神魂颠倒，又让我在她消失后怀念至极。

那时我才知道，这一切都是真的，她就是我那失去的爱人，那个让我曾陷入深深悲伤却又被我永远锁在心底的人。她就是麦格丽。随着我继续向她慢慢走去，我们之间的距离已经很近很近了，几乎可以让我闻到她身上的味道。就在我正准备释放自己，高兴地向她冲去时，有什么东西突然吓了我一跳。

我瞥到在麦格丽的腿后，似乎不知从哪里冒出来的，有一个小东西出现在我的视野中，拦住了我的脚步。啊，那是一个孩子，一个小小的人，抱住麦格丽的腿，正探出身子去观看任何吸引到她注意力的东西……然后，这个小孩子突然冲我咧嘴一笑，那顽皮、天真、可爱的脸，让我的心都融化了……

* * *

最后的协议

我觉得自己别无选择，如果我想要在法国有个未来，就没有别的办法了，这已不是第一次我被迫屈从他人不可抗拒的指令。法国人和英国人没什么两样，自从我在这儿签了第一份法国合同以来，就明白了这一点。所以到了约定的时间，法国当地的市长已经准备好相关手续文件，我只得签字。我接过他递过来的工作卡，塞进口袋，之后，市长手里拿着我签过字的放弃关系文件，塞进了办公桌的抽屉。

法律手续齐全了，贿赂行为已经完成。任何在为英国工作期间关于我曾与一名法国女性有过关系的指控，都从档案中被抹去，而这孩子的医疗记录也被更改为出生时患有严重的急性黄疸。多么荒唐啊！

残酷的现实是，麦格丽和孩子是注定要去巴黎的，我也是，我们都分别看到了指向那个伟大城市的同一个路标，上面标明的方向清晰而又坚定。在那边是否还会走到一起？就算会，哪里不是都得记录并用到个人档案吗……哪儿都会。

"……我们都分别看到了通往那个伟大城市的同一个路标……"

后 记

20 世纪 90 年代巴黎中国城附近的公园里

这座矮小的纪念碑看上去平淡无奇。市政厅派来的两个工人已出色地完成了工作,现在正整理行装,收拾工具。他们环顾四周,看到只有少数几个人来参加这个并不重要的活动时,并没有很惊讶,只是耸耸肩。这座朴素的石碑已经修建了很长时间,但可以看到上面的碑文小巧又工整,工人们对他们的劳动成果很满意。其中一人看着另一人,点头确认了时间,并在日志中记录了几笔。今天的工作到此结束吧,他们一边打着哈欠,一边点起香烟,溜达着走了。

令人怀疑的是,他们俩谁也没有读一读石碑上的那些文字,它们是为那些愿意读的人树立的,或者至少是为那些特意找到这个地方的人而修建的:

纪念在第一次世界大战中为法国牺牲的中国劳工与战士

所以,也许有人会问,像这样一座纪念碑,什么时候才能在那个更有影响力和号召力、但又有些许傲慢、同时也是我[1]一直坚持为之奋斗的英国的土地上，也被树立起来呢？

---

[1] "我"指本书作者，英国人克莱夫·哈维。

作者最后的话

让人痛心的是，杨和他英勇的战友们将永远无法看到树立在英国的纪念碑，也无法看到它们最终被树立在欧洲各地了。

或许杨会因为"确保我们铭记计划"（Ensuring We Remember Campaign）的史蒂芬·刘，和他的同事托马斯·陈，以及"子午社"（The Meridian Society）的彭文兰（音译）的不懈努力，而深得安慰，并心存感谢。

我们必须代表他们向这些人表示感谢，并将继续提供我们的支持。

如需获取更多信息，请访问：

www.ensuringweremember.org.uk

www.music4art.co.uk

图书在版编目（CIP）数据

杨的战争 / （英）克莱夫·哈维著；赵梦译. — 北京 ： 北京时代华文书局，2022.8
书名原文：YANG'S WAR
ISBN 978-7-5699-4620-8

Ⅰ．①杨…　Ⅱ．①克…　②赵…　Ⅲ．①长篇小说－英国－现代　Ⅳ．①I561.45

中国版本图书馆CIP数据核字(2022)第067385号
北京市版权局著作权合同登记号 图字： 01-2019-7238

Clive Harvey
YANG'S WAR

杨 的 战 争
YANG DE ZHANZHENG

著　者｜[英]克莱夫·哈维
译　者｜赵　梦

出 版 人｜陈　涛
策划编辑｜韩　笑
责任编辑｜黄思远
营销编辑｜俞嘉慧　赵莲溪
责任校对｜初海龙
装帧设计｜孙丽莉
责任印制｜刘　银　訾　敬

出版发行｜北京时代华文书局 http://www.bjsdsj.com.cn
　　　　　北京市东城区安定门外大街138号皇城国际大厦A座8层
　　　　　邮编：100011　电话：010-64263661　64261528
印　　刷｜三河市兴博印务有限公司　电话：0316-5166530
　　　　　（如发现印装质量问题，请与印刷厂联系调换）
开　　本｜880 mm×1230 mm　1/32　印　张｜6.5　字　数｜114千字
版　　次｜2022年8月第1版　　　印　次｜2022年8月第1次印刷
书　　号｜ISBN 978-7-5699-4620-8
定　　价｜59.00元